改訂新版

筑豊に生きて

犬養光博［著］

いのちのことば社

＊本書は、一九七一年に日本基督教団出版局から出されたものを全面改訂、さらに加筆したものです。

改訂新版発刊に思う

はじめて筑豊に犬養さんを訪ねたのは、一九七三年三月二十八日から三十日の二泊三日の旅で、筑豊が崩壊していく時期でした。

犬養さんとともに「石炭記念館」「炭住跡」を訪ね、その歴史の一端に触れることができました。また、カネミ油症闘争の座り込み現場に、紙野さんを訪ねました。

手もとにある新聞記事は、当時の筑豊を「消える筑豊炭田」の見出しのもと、「ボタ山に刻む証言」として、国会議員、大学教授とともに、作家上野英信の「犠牲者を忘れず責任追及」の発言を取りあげています。その横には筑豊炭坑の歩みが記されています。

そこには、「筑豊の石炭の歴史は、一六八四～一七〇三年、筑豊が石炭の産地として知られるようになる」とあります。実に、三〇〇年の歴史です。一九七三年は、その歴史が終わろうとした時期です。その歴史の最後に出会い、その後の筑豊と向き合ってきたのが犬養さんで、その最初の記録がここにお届けする『筑豊に生きて』です。

犬養さんがどうして筑豊と出会い、またそこで生活するようになったかは、本書の「改訂新版の序に代えて」（一三ページ）に述べられています。

本書のもとになっているのは、「週刊」または「月刊福吉」として地域住民に向けて発刊されたガリ版印刷物です。そこには、犬養さんが筑豊の福吉で生活して感じたことがストレートに書かれています。ときにはハラハラしながら読んだページもあります。生活保護に関するもので「不正受給」と断じ、福吉の人々を批判する一文です。でも、この批判は、単なる批判ではないとの犬養さんの思いを理解する住民は、犬養さんを福吉から追放することはありませんでした。普通だったら、当然「犬養追放」の声があがったことでしょう。

このような発言、そして実践の背後には三人の人物がいたと思います。それは、「改訂新版の序に代えて」でも登場する人物です。

一人は、聖書の読み方に大きな示唆を与えた無教会の高橋三郎さん。

いま一人は、さきにあげた上野英信さんです。ある意味で最も影響を受けた人物とも言えます。犬養さんは、めったに人を「先生」づけでは呼びません。ところが上野英信さんは、「上野先生」、あるときは「神学者上野英信さん」と呼んだことがあります。その尊敬の念の深さがわかりますし、その影響力は、上野英信さん死去後の今も続く息子の上野朱《あかし》さんとの交流からも理解できます。

三人目と言うか、一番目と言うべきはお連れ合いの素子さんです。結婚を機に、それまで働いていた大阪キリスト教社会館保育所の保育士を辞し、いきなり筑豊に来て、福吉の炭住で生活をはじめたのです。生活の保障など全くありません。その天性の明るさと料理のうまさで犬養さんを支え続けました。しかし、従属ではなく自立し、ご自身のやりたいことはやり続けました。三人のお子さんも立派に育ててこられました。

最後になりますが、一言お礼を申しあげます。このたび、いのちのことば社のご厚意と犬養さんの決断で本書が改訂新版として発刊される運びになりました。改訂に際し、全体を編集しなおしているので、読みやすくなりました。写真もその一つです。あらためて読んでいて、なぜ犬養さんが旧版を「絶版」にしたのかと考えましたが、答えは「不可解」でした。その意味でも、『筑豊に生きて』は、六〇年代の筑豊から今日の日本の教会への大きな問いかけではないでしょうか。

一人でも多くの人に読んでほしいと願いつつ。

二〇二四年十一月四日

日本キリスト教団牧師
小柳伸顕

序文

筑豊で働いている犬養さんが毎月送ってくれる「月刊福吉」がこの二月で第一五〇号になった。ガリ版刷りの四ページから六ページのものであるが、これは若い犬養夫妻の血のにじむような生活記録の集積である。

この小さな手刷りの月刊紙を毎月たやさず出すことは、犬養さんたちにとっては、並々ならぬ苦労のいることだと思う。小さい子供をねかせたあとで、かれがガリ版を切り、身重な奥さんが謄写版のローラーを一つ一つころがして刷りあげ、夜もふけるころ知友に発送するために宛名を書いてゆく姿をわたしは想像した。わずか一枚ばかしの月刊通信であるが、その中に、犬養さん夫妻が、どのような姿勢で福吉の子供たちや炭住の人々と生活しているかということが、率直に記されている。

現代においては、人々は外部から来た異質的なものに扉を閉ざし、人の語る言葉に対して不信感をもっている。とくに社会的な谷間におちこんだ人は、「よそ者のきれいごと」や「言葉でいわれる教え」はどんなに高潔なものでも、自分たちには疎遠なものとして斥ける。とりわけ日本ではキリスト教は外国から来た宗教であり、比較的インテリ層にうけいれられている宗教であるため、民衆のアウトサイダーとなってゆく傾向がある。

このような時代と状況における伝道にとっては、その人が「何を語ったか」ということよりも、その人が「どういう姿勢で生きているか」ということが大事なことである。伝道というと、伝道の集会、そして何人決心者を出し、何人受洗者を出したかということが通念としてなお残っているとき、犬養さんたちの試みている生き方は非常に大きな意味をもっていると思う。

犬養さんは、同志社大学神学部に在学中、関西労働者伝道の働きに参加していたが、ちょうど最愛のお母さんをなくされ、それが一つの契機となって決心し、筑豊で一年間学生インターンとして、炭坑閉鎖後に残された炭住の子供たちと生活を共にしながら働き、卒業後再び筑豊に赴き、現在まで六年間、家族と共に福吉の炭住の一隅に住みこんで、ダンプを運転し、子供の学習塾を開き、聖書研究会をするという働きをしている。

このような開拓的な働きはとかく孤立してしまうことが多い。しかし、筑豊に永く働いておられる服部団次郎氏、清志氏の父子や、同じ地域の教会の牧会にあたっておられる内田政秀氏や黒田英彦氏、それに関学や同志社の若い仲間で同じような精神で筑豊に入り込んでいる松崎一氏と大津健一氏などの共同の交わりがあって、筑伝奉（筑豊協力伝道奉仕委員会）が近年結成されてきたことは喜ばしいことである。福吉における犬養さんの働きも、それらの筑豊の同労者の方々の交わりの中で進められていることは、今後の伝道を考えるときにきわめて大切なことであると思う。

本書は、もとより犬養さん個人の手記ではあるが、筑豊において励まし合っておられる筑伝奉のみなさんのご理解のあったことを覚え、それらの方々にあわせてお礼を申しあげたいと思う。

灰色の沼地のようなところにも希望があるということは、抽象的なことばにすぎない。しかし犬養さんのこの手記は、そのような場所で人間が苦闘しながら生きていることを生《なま》な体験をもって語っている。それは、わたしたちを励ます希望のことばである。

竹中正夫

一九七一年三月二十日

目次

改訂新版の序に代えて――「筑豊」との出合い

「筑豊」という地名

人の生涯に決定的な影響を与える地名というものがある。ぼくの場合は「筑豊」だ。そんなぼくが初めて筑豊の地を踏んだのは、一九六一年八月のことだった。後に詳しく触れることになるが、同志社大学神学部の中にできた「筑豊の子どもを守る会」のキャラバン隊のメンバーの一人として、福岡県の鞍手郡鞍手町新延にある三つの閉山炭鉱地区のこどもたちを訪ねたのだ。こどもたちと夏休みのひと時を過ごすためだった。

そして一九六五年四月からは、結婚したばかりのぼくたちが田川郡金田町（合併して現在は福智町）福吉という閉山炭鉱地区に住んで五十年間を過ごしたことになる。生育期を除いて、自分の人生のほとんど全部を過ごした「筑豊」は、ぼくにとって単なる地名ではない。そこで人と出会い、そして神と出会った場所である。

「筑豊」という地名を初めて聞いたのは、小学校三、四年生の時（一九四七、八年）だったと記憶する。社会科の授業で、日本の石炭の最大の産出地という関連だったと思うのだが、それは一つの強烈な思い出と結びついている。敗戦後まもない時期で、大阪でも一クラス六十人と

筑豊のぼた山

いうクラス編成、それでも校舎が足りなくて、一時期二部制がとられ、朝から学校へ行く「早出」と、昼から学校に行く「遅出」があった。もちろん木造の校舎で、冬などすきま風が入り込んで寒かった。給食に脱脂ミルクに芋の葉を浮かべたものが配られ、食べられる雑草を小麦粉でくっつけて焼いた得体の知れない「パン」が出ていた。「キガトッパパン」(飢餓突破パン)と名づけられていた。

「筑豊には石炭がたくさんあって、余ったものは道にも撒かれている」と先生は説明した。ぼくたちは、寒い冬はだるまストーブを使っていた。燃料の石炭が十分でなく、用務員室(当時は「小使い室」と呼んでいた)へ当番が石炭をもらいに行くのだが、いつもほんの少し配られるだけだった。石炭が道に撒かれている「筑豊」というイメージは、実際に「筑豊」に来るまで消えることはなかったが、来てみて、いくらたくさん石炭が掘られても、道に撒くことは絶対にないし、需要が少なくて掘り出した石炭を貯炭しておかなければならない場合も、それを掘った坑夫たちが自由に使えるということはなかった。

小学校の先生は、汽車の窓から筑豊地域の道にぼた(石炭とともに地層にあるが、カロリーが少なく、使い物にならないので、ぼた山として積み上げておくもの。素人には石炭と区別がつかないものが多い）が敷かれているのを見て、石炭と間違ったのだろう。

初めての「筑豊」

一九六〇年は「安保（日米安全保障条約）の年」だった。同志社大学神学部二年生のときで、京都大学、立命館大学、そしてわが同志社大学が、いわゆる「全学連」の一つの大きな拠点になっていた。「学友会」を中心に組織された運動は、日米安全保障条約が国会を通過するまで厳しい闘いを続けた。おおよそ政治運動などとまったく縁がなく、「プロレタリアート」などという言葉もまともに使ったことがなかったぼくが、大きな学生運動の渦の中で鍛えられていった。

あのころのことを思い出すと、今でも、いちばん充実した日々だったと思う。ほとんど三、四時間しか睡眠をとらないで、夜を徹して難しい議論を重ね、夜明け前にはそれを文章にしてガリ切りをし、手動の謄写版で印刷して、朝やって来る学生たちに配り、教室に入ってデモへの参加を呼びかけ、そして頻繁にもたれる街頭デモに参加する。その間に家庭教師のアルバイトもこなしていたのだから、ほんとうによく体がもったものだ。

裸電球の下で、読んできた本の言葉を生で使いながら激しい議論を繰り返していた。「安保など通したら日本は大変なことになる」というのが、ぼくたちの共通した認識だった。だから当時の岸信介内閣が潰れたとはいえ、「安保」が通ってしまったあとの挫折感は相当なものだった。退学させられた人もいたし、自ら学校をやめて農業を始めたり、国鉄労働組合（国労）に入ったりする人たちもいた。

そんななかで、ぼくは何をする当てもなく、悶々とした日々を過ごしていた。そんなとき、一年先輩の服部清志さんが「犬養さん、いっぺん筑豊に行ってみないか」と誘ってくださった。服部清志さんのお父さんである服部団次郎先生は、当時「筑豊」の貝島炭鉱がある宮田町で大之浦教会の牧師をしておられた。

この服部清志さんを団長として、「筑豊の子どもを守る会」が結成され、同志社の神学部の学生一〇人がキャラバン隊を組んで筑豊を訪ねた。一九六一年八月のことで、行く先は鞍手郡鞍手町新延地区にある六反田、七ヶ谷、泉水という三つの小・零細炭鉱の閉山地区だった。ここでのこどもたちとの出会いが、ぼくを「筑豊」に結びつけるきっかけになった。

一九六一年ごろの「筑豊」

日本の主要エネルギーが石炭から石油に変わるのが、一九六〇年の少し前。「石炭斜陽化」が叫ばれ、炭労（炭鉱労働者組合）が三井三池闘争で知られるように、「総資本対総労働」と呼ばれる大争議を長期間展開したのがこの時期である。しかし、「筑豊」に「石炭斜陽化」の波が押し寄せるのは、それよりもずっと早い時期からだったが、ほとんど注目されることがなかった。

ちなみに、ぼくが住んでいた福吉炭鉱（鉱主の名前をとって矢頭炭鉱とも呼ばれていたが）の閉山は一九五二年のことである。そして福吉炭鉱は零細炭鉱ではなく、最盛期は一四〇〇人の坑夫を抱えた小炭鉱だった。最盛期の筑豊には三〇〇から三五〇の炭鉱があったと言われているが、三井、三菱、明治といった、いわゆる財閥が経営する炭鉱と地元御三家と呼ばれる麻生、貝島、安川といった大手の炭鉱は、数としてはほんのわずかで、その周辺に中・小・零細炭鉱が群がっていた。そして炭鉱の歴史をひもといてみると、国の景気、不景気がもろに石炭需要と結びつき、景気の良いときは産炭量が増え、景気の悪いときは極端に産炭量が減っている。それは「筑豊」にある炭鉱の数とも直結していて、景気の良いときは炭鉱の数が増え、景気が悪くなるとその数が減少する。まるで「筑豊」中が呼吸をしているように、景気に応じて炭鉱の数が増えたり減ったりしてきたのだ。そして、大手が潰れるはずがないのだから、減ったり増えたりは零細炭鉱で起こり、小炭鉱に及ぶという経過を繰り返してきた。

炭鉱労働者

「石炭斜陽化」の波で、国が打ち出した方針は「ビルド・アンド・スクラップ方式」と横文字で言われたので、何か新しい政策であるかのように受け取られたが、「筑豊」の炭鉱がずっと繰り返してきた歴史そのものだったのだ。事実、福吉炭鉱が閉山したときも三井田川炭鉱は悠々と営業を続けており、三井田川炭鉱の閉山は一九六四年三月のことである。福吉炭鉱が閉山したときは三井田川炭鉱が潰れるなどとだれも思わなかったし、福吉炭鉱の人々も、今まで繰り返してきたように、景気が良くなればまた炭鉱が復活すると思っていたのだ。

「黒い羽根募金運動」が残したもの

「筑豊」に三〇〇～三五〇の炭鉱があったことは知られているが、それが零細・小・中・大炭鉱というかたちで存在していたことは、あまり意識されていなかったと思えてならない。とくに大手の炭坑労働者が、零細炭鉱で働く人々を自分たちと同じ炭坑労働者と見ていたかどうかは疑問だ。

そのことを立証する一つの事件が、一九五九年に始まった「黒い羽根募金運動」だ。

当時、福岡県は社会党の鵜崎知事だった。「筑豊」の一五万人と言われる失業者がどういう状況にあったかを、県は一九五九年七月に「炭鉱離職者の生活実態」というパンフレットにまとめて発行した。これは福岡県内の「筑豊」以外の都市の人々に大きな衝撃を与えたが、この報告書を読んだ福岡市の主婦の一人が友人と語らって「助け合い運動」を提案することを決めた。

一九五九年七月十日、各婦人団体有志の賛同を得て「福岡県母親大会」で決議し、「黒い羽根運動」と呼称することになった。福岡県、福岡県鉱業市町村連盟等の自治団体をはじめ革新団体も賛同して、超党派的な運動本部が組織されて九月二十日に発足し、県下・東京都内で運動が開始された。その後、全国的にこの運動は展開された。「赤い羽根共同募金」や「緑の羽根」と同じように「黒い羽根」(黒は石炭のイメージ)を作って全国募金を呼びかけた。これはかなりの成果を収め、お金も物も驚くほど集まり、それが救援物資として閉山地区に配られた。配られたお金で共同風呂が造られたり、集会所が造られたりした。

炭坑へ出かけていく労働者

この運動を契機として、にわかに世論が高まり、マスコミも「筑豊」の閉山地帯に焦点をあてた大々的なキャンペーンを展開した。「筑豊」の問題が単なる慈善運動で救済できるものでないことがようやく認識され、雇用の問題が大きく取り上げられて、政府もその年の十二月、初めて「炭鉱離職者臨時措置法」を成立させた。これ以後「石炭六法」と呼ばれる様々な法律が作られるのだが、政府レベルの取り組みはともかくとして、「黒い羽根運動」が一般の人々に残した印象は、「あの食べることもできない筑豊のかわいそうな失業者たちを救え」という認識であった。「憐れみは連帯を拒絶するところに生ずる」と言われるとおり、この認識がその後の

「筑豊」問題の解決を難しくした一つだと、ぼくは確信している。

たとえば、三井三池闘争が華々しく闘われていたころ、福吉炭鉱の失業者たちは「炭鉱があったころ、炭労（炭鉱労働者組合）から何回も労働組合を作れ、という誘いがあったけれど、組合など作れる状況ではなかった」と寂しそうに回想し、炭坑夫として今でも闘える三井三池の労働者たちを羨ましそうに見ていたのだ。そして、あの三井三池闘争を闘った炭労の労働者たちは、一九五二年に閉山した福吉炭鉱で働いていた炭坑労働者たちを自分たちと同じ炭坑労働者として見ていたのだろうか、と思う。もし見ていたのなら、一九五九年に起こった「黒い羽根募金運動」はもっと違った質の展開をみせていたのではないか。「あのかわいそうな筑豊の失業者たちに募金を」というのではなしに、「自分たちと同じ炭坑労働者が、未払い賃金を残したまま失業させられ、だれも新しい職場の世話もしてくれない、生活がまったくできない状況にある。同じ炭坑労働者としてどう連帯できるか」、そんな発想ができたはずだと思えるのだが。

「筑豊の子どもを守る会」の発足

実はこの「黒い羽根募金運動」と「筑豊の子どもを守る会」の発足とは繋がっているのだ。「筑豊の子どもを守る会」のキャラバン活動は関西では一九六一年から始まるのだが、関東では一年早く一九六〇年から行われている。そしてそのきっかけになったのが、当時東京神学大学の学生だった船戸良隆さんだ。船戸さんはＮＣＣ（日本キリスト教協議会）から派遣されて、「筑豊」の閉山地域を見て歩かれた。たぶん「黒い羽根運動」の広がりのなかでその深刻さを知ったＮＣＣが、自分たちで何かできることがないかとその実情把握のために船戸さんを派遣したのだと思う。あるいは「筑豊」の超教派の教会から現地の実情が訴えられ、援助の要請が出されていたのかもしれない。船戸さんを案内したのは、「筑豊」の超教派の教会の牧師さんたちだった。

そしてそこは、「筑豊」でも最も貧しい、したがって失業者や長欠児童の多い場所だった。「筑豊の子どもを守る会」がキャラバン活動を行うのも、この船戸さんが歩かれた地域で、ぼくたちはどうしてこんなに「適切な」場所を教会の牧師さんたちは知っておられたのだろう、と不思議に思ったのだが、あの「黒い羽根募金運動」で集まったたくさんの物資を「最も貧しい地域」に届けた多くの団体の一つが、実は「筑豊」の超教派の教会だったと知らされた。「筑豊ＮＣＣ」という名前で救援活動が行われていたのだ。

船戸さんは「最も貧しい地域」を巡り歩いて、その実情を見て、一つの結論を出された。「黒い羽根募金」で確かにたくさんのお金や物資が「筑豊」の「最も貧しい地域」に届けられたが、問題は何も解決していない。最終的に必要なのはお金や物ではなく、人ではないか。お金や物も必要だが、最終的に動かなければならないのは人だ、と結論されたのだ。ぼくはすごい結論を出されたと思う。その報告を受けて、船戸さんを派遣したＮＣＣがどんな施策を出したのか、ぼくは知らない。でも、船戸さんは自分の結論に応じて、すぐに動ける人は学生だと考え、さっそく東京神学大学をはじめとして関東のミッションスクールに呼びかけ、「筑豊の子どもを守る会」を結成し活動を開始された。そして、翌年には関西にも呼びかけられて、関西の歩みも始まった。ぼくが服部清志さんから「筑豊へ行ってみないか」と声をかけられたとき、もちろんこんな背景があることなどまったく知らなかった。

知ることは変わること

同志社の「筑豊の子どもを守る会」が一九六一年八月に行ったキャラバン活動については、その様子を活き活きと伝えることができる一五〇枚のスライドがある。メンバーの一人松本凡人さんが、撮影から編集まで一手に引き受けて残してくれた労作で、いまや貴重な資料になっている。福岡県立大学の図書室にも置かせてほしいと頼まれて、そのコピーが置かれている。ぼくは、「筑豊」を訪ねて来る人々に必ずこのスライドを見ていただくことにしている。人に見せるだけでなく、自分でもひとりで見ることがある。そして筑豊に引き寄せられた、ぼくの原点を確かめる。

小学校の講堂いっぱいに集まったこどもたち、みな笑顔を浮かべながら何が起こるのだろうかと期待に満ちた顔で正面を見つめている。ぼくたちが作った下手くそな紙芝居をしているだけで、特別おもしろいことがあるわけではないのに、その緊張が伝わってくる。ぼくは疲れたとき、ときどきこの一枚のスライドを大きく写してジッと見る。名前なんかもうとっくの昔に忘れてしまったこどもたちなのに、その笑顔が新しい力を与えてくれる。

　キャラバン期間中一回だけ給食をした。京都から持参した小麦粉を直方のパン屋さんに頼んでコッペパンにしてもらった。一日一食しか食べられないこどもたちがほとんどなので、喜んで食べてくれるだろうと思ったのに、半分以上の子が食べようとしない。「どうしたん？」と聞くと、恥ずかしそうに「家に帰ってから食べる」と言う。あとでわかったのだが、家には自分と同じように腹をすかしている家族がいる、皆で分けて食べるのが当たり前の社会なのだ。あのこどもたちが特別に愛情深かったとは思えない。貧しい生活の中で食物を分かち合うのは当然のことだったのだ。

小学校の行動いっぱいに集まったこどもたち

　あれから五十年余り経った今、あそこで出会ったこどもたちはもう「筑豊」にいない。このスライドを地域のこどもたちに見せて、この福吉も五十数年前はまったく同じだったと言っても、「筑豊」で生まれ育ったこどもたちも「うそォ」と言う。
　もう一つのぼくの「筑豊」経験は少しきざな言い方になるが、京都で学生運動をしていたとき、「こんな安保を通したら日本は駄目になってしまう」としきりに思い、言葉にもしていたけれども、そのとき「日本」と語っていたなかに、この「筑豊」の現実が入っていなかったというショックだ。そのときぼくが考えていた「日本」は、相当貧しく苦労して生活していたと自ら考えていた大阪の状況と、京都で過ごした何年かの経験が描き出す「日本」で、そこでは「筑豊」は想像もできない場所だった。

コッペパンを手にするこどもたち

ぼくは「日本の国は駄目になる」と本気で思っていたけれど、もう駄目になってしまっている日本が「筑豊」にあることなどまったく知らずにいたのだ。「一生懸命であるということは、必ずしものが見えていることの保証にはならない」ことを教えられたのが、大切なぼくの「筑豊」経験だった。何年か後に「カネミ油症事件」に関わり、その歩みのなかで日本の公害闘争の先駆者、田中正造に出会うのだが、その田中正造のことを教育学者で哲学者の林竹二先生は、「田中正造にとって、学ぶこと、新しいことを知るということは自分が変わることを意味した。自分が変わらないで、学んだとか知ったとか言えない」と言っておられる。「筑豊」を知ることは、「筑豊」を知らないで歩んできた自分が、「筑豊」を知ることによって新しい自分に変えられて歩み始めること、そのことを踏まえないで、一生懸命であることは危険なことだと知らされた。またそれ以後、カネミ油症事件との関わりを通しても、部落差別問題との関わりを通しても、在日朝鮮人・韓国人との関わりを通しても、ハンセン病元患者の方々との出会いを通しても同じことが問われた。

二冊の「筑豊」の本

こうしてぼくの「筑豊」との関わりが始まった。「黒い羽根募金」をきっかけにして「筑豊」のことがマスコミでも取り上げられ、日本中に広まったことはすでに述べたが、この時期「筑豊」のことを全国に伝えることに大きな役割を果たしたのが、土門拳の写真集『筑豊のこどもたち』(築地書館、一九六〇年)と上野英信著『追われゆく坑夫たち』(岩波新書、一九六〇年)であった。ぼくもこの二冊を繰り返し読んだ。

写真の芸術性を問題にしてやまない土門拳が、この『筑豊のこどもたち』だけはニュース性を優先させて、できるだけ早く「筑豊」の現実を日本中に知らせなければ、と初版は価格を抑えるためにざら紙に印刷されていた。

『追われゆく坑夫たち』のほうは、ぼくにとっては一つの原点のような書物なので、これからも触れることがあると思うが、一九六〇年という時期が「筑豊」にとってどういう時期だったか知っていただくことも含めて、この本の「あとがき」の一部を少し長くなるが引用しておきたい。

「ふりかえってみれば、中小炭鉱についての短いルポルタージュめいたものを書きはじめてから、かれこれもう十年ちかくになる。今それらの幾つかをひっくりかえしてみると、よくもまあこんなくだらないものを綿々と書きつづけてきたものだ、と我ながらうんざりさせられるような思いである。だがそれにしても、なぜ性こりもなく書きつづけてこなければならなかったのか。いろいろの理由をならべあげることはできようが、やはりその最大の理由は、私以外にだれひとりとして書く者がいなかったからだ、というほかはない。だれも書きとめず、したがってだれにも知られないままに消えさってゆく坑夫たちの血痕を、せめて一日なりとも一年なりとも長く保存しておきたいというひそかな願いからであり、そうせずにはおれなかったからである。ただそのひとすじの執念――妄執といってもよい――にかられて、私は仕事を続けてきた。

だが……、この数年来、私は急激にこの仕事にたえきれないほどの苦痛をおぼえて、できるだけ逃れようとするようになった。もうなにを書いてもむだだという絶望感ばかりが、こがらしのようにごうごうと心のなかを吹きあらした。いてもたってもおれないような焦燥にかられてヤマを歩きまわることのみますます頻りとなり、書くことはいよいよ少なくなった。そしてときたま強いられてなにかに発表するものは、ほとんど例外なく『暗すぎる』とか『否定的な側面ばかりを強調しすぎる』とかいうような批判をあびせかけられるだけであった。もちろん私はそのような批判を無条件に承認しようとは思わない。しかし、私の書くものに救いのない悲哀や悔恨や呪詛の影のみ濃くなってきたことだけは、どうにも否定しようがないことだ。

この岩波新書の仕事をうけもつことになったのは、そんな破滅的な状況のなかにおいてである。鉛をながしこまれたように一段と心は重く、さらに筆はすすまなかった。しかも皮肉なことに、にわかに猫もシャクシも中小炭鉱の悲惨さを書きたてはじめた。あらゆる雑誌や新聞が屍にむらがる蝿のように一斉に『黒い飢餓の谷間』に集中した。私の性質がアマノジャクなのかもしれないが、人がそれについて書きはじめると、とたんにもうまったく書く気がしなくなる。それについて人がしゃべりはじめると、たちまち沈黙したくなる。そんなふうだから、もとよりうまくすすむはずがない。したがって『人間そのものとしての地獄、地獄そのものとしての人間こそ問題だ』などとひらきなおったところで、所詮このような状態で仕事をつづけることが私にとって地獄の責苦であった、ということでしかないかもしれない。だが、もし読んでくださる人がいささかでも炭鉱労働者のかたく閉ざされた心の底を覗き、彼らの苦悶と慟哭に触れることによって、みずからの生きるみちを考えてもらえるならば、私もまたみずからを慰めることができよう。」

福吉に住む

ぼくは「筑豊」にのめり込んでいった。

先輩の船戸良隆さんは、一九六〇年、六一年と「キャラバン」を続けた元福吉炭坑に、学校を一年休学して一九六二年四月から常住されることになった。福吉の人々と「キャラバン」の学生たちとの間に、そんな親密な人間関係が生まれていたのだ。そして、一九六三年四月からの一年間、ぼくと関西学院の松崎一さんがその後を引き継ぐことになった。

船戸さんは炭鉱住宅に住まれたが、ぼくたちは昔、事務所や診療所に使われ、閉山後は公民館として使われていた場所に住むことになった。

キャラバン活動の延長でこどもたちとのことが中心で、学校と連絡をとって長欠児童をなくし、地域では小学生、中学生に分けて、毎日のように勉強会を開き、「こども会」を結成して、月に一度は集まって催し物を開いた。夏の海水浴やキャンプ、冬のクリスマスの行事、そして一年中フォークダンスをやっていた。

地域の青年たちとの交わりが深まり、閉山後、働く場所がなくぶらぶらしている青年たちと筑豊兄弟者共同養鶏所を造った。当時は「千羽養鶏」などという本が参考にされる時代だったが、このころからいわゆる大養鶏場ができるようになって、募金で造ったぼくたちのような小さな養鶏場は数年で潰れてしまった。

松崎さんと二人で「週刊福吉」というガリ刷りの新聞を発行して、福吉の一軒一軒に配った。

この一年はぼくにとって「筑豊」に定住するきっかけになるのだが、今から振り返ってみると、もっと大切な出会いを与えられた年でもある。それは、無教会の高橋三郎先生との出会いだ。隣町の方城に住んでおられた増田昇造さんが「このテープを聞いてごらんなさい」と言って、オープンリールのテープを貸してくださった。それは東京の高橋集会のテープで両面二時間の聖書講義の録音だった。

最初にテープを聞いたときの衝撃を忘れることができない。男二人の生活で食事の後の片づけもしないままで気楽にテープを聞いていたのだが、そこで語られる御言葉の権威に打たれて、一度テープを止めて、部屋をきれいに片づけて、ノートを取りながらテープを聞いた。それ以来今日まで高橋集会のテープを聞き続けてきた。当時、同志社の神学部では異端とまでは言わなくても、無教会に対してはまともに取り上げる人はいなかった。ぼくが聖書はこんなに素晴らしい力をもっているのだと知らされたのは、高橋三郎先生の聖書講義を通してだった。そしてそれは今もそうである。

筑豊兄弟者共同養鶏所で

これから触れるように、ぼくは「筑豊」の現場から大きな問いかけを受け、「筑豊」で働いておられるイエス・キリストに出会わせていただいたのだが、その体験と高橋三郎先生を通して出会わせていただいたイエス・キリストとの間にはずっと緊張関係があった。ぼくの信仰は、一方で高橋三郎先生を通して与えられたイエス・キリストと、他方、現場、それは「筑豊」であり、「カネミ」であり、「被差別部落」であり、「在日」であるのだが、その現場で出会ったイエス・キリストと、二つの中心をもっている。これが一つになれば良いのだが、ずっと緊張関係を引きずってきた。そして近ごろはそれで良かったのではないかと思うようになってきた。

ともかく「筑豊」で高橋三郎先生と出会ったというのは、ぼくの人生で決定的なことだった。

夫婦で福吉へ

一九六三年四月から翌年三月までの福吉での生活を終えて、同志社に帰った。福吉はその後、船戸良隆さんと同じ東京神学大学の山本将信さんが、やはり学校を一年休学して引き継いでくださり、山下信治さんも協力してくださった。

ぼくは卒業論文を大急ぎで仕上げ、一九六五年三月に結婚して二人で福吉にやって来た。そして四月から福吉伝道所を開いた。正式に日本キリスト教団が福吉伝道所を認めるのは翌年になるのだが、ぼくたちは炭住（炭鉱住宅）の一隅で聖書研究会を始めた。休学して一年をいっしょに過ごした福吉の青年やこども会の親御さんたちが、炭住の一軒を空けて待っていてくださった。

住むところだけは確保していただいたが、食べていかなければならない。最初は西日本経理専門学校という田川市にある小さな学校に就職して、なんと学んだこともない簿記を教えることになった。「生徒より一〇ページ先に学ぶ」をモットーにして必死に学び、教えた。何の資格もない者が教えて、それでも二級の試験まで生徒が合格したのだから、自分でもたいしたものだと思っている。教えるのは楽しかったし、経済的に普通高校に行けないこどもたちが、一生懸命勉強する姿に励まされて、課外を組んだり、朝早く出かけたり、とにかくこちらも一生懸命だった。もちろんそれだけでは食べていけないので、小さな塾を開いたりした。でも、生活の中心は福吉でのこどもたちの育成で、今思い出しても体がよくもったと思うほど食事の時間も惜しんで、こどもたちに勉強を教えた。

連れ合いの素子さんは、ぼくが一年間休学したときに住んでいた公民館で保育所を始めた。もちろん収入などまったくない無報酬の私設保育所だった。

具体的にはそんな生活をしながら、気持ちの上では聖書研究会が中心で、一年休学していたときに出し始めた「週刊福吉」を「月刊福吉」と名前を代えて一か月に一度出し続け、当時九〇戸あった福吉の全家庭に配り、ぼくたちを支援し、見守ってくれている先生や仲間たちにも送って、福吉でのぼくたちの生活を知っていただくようにした。

こんなふうに考えていた。福吉伝道所にはイエス・キリストがおられる、この「筑豊」の暗い谷間に光が来たのだから、多くの人々に福吉伝道所に来ていただいて光に触れてほしい。ま

当時の炭鉱住宅（炭住）

た、努力してこの暗い谷間に福吉伝道所の光を届けなければならない、と。

一年間の休学を通して、ぼくは、「筑豊」にある教会とぼくが住むようになった福吉のような小炭鉱の閉山炭住がどんな関係にあるかを学んでいた。先にも触れたように、「筑豊」の教会は、当時おそらく最底辺であった福吉のような場所と関係をもっていた。だから多いときは十何か所にも分かれて行われたキャラバン隊に、「適当な」場所を紹介することができたのだ。しかし教会の意識は、その場所が奉仕の対象でしかなかったことを知らされた。「黒い羽根募金」で寄せられた様々な物資を配る対象ではあっても、それ以上の場所ではなかった。ぼくは福吉伝道所を設立しようと思ったとき、「奉仕の対象ではだめだ」と思っていた。物資を配るのではなく、「福音」を伝えなければならない、と思っていたのだ。でも今振り返ってみると、「奉仕の対象」から「宣教の対象」に変わっただけで、「筑豊」の人々はぼくにとって、あくまで「対象」以外の何ものでもなかったのだ。それが「対象」ではなく、むしろ「宣教の主体」ではないかと気づくまでには、長い「福吉の苦学」を経験しなければならなかった。

ぼくは「筑豊」に就職した

「月刊福吉」を福吉以外の人々にも、少数ではあるけれども送っていたことは先に触れたが、同志社でお世話になり、同志社の「筑豊の子どもを守る会」の顧問も引き受けていただいていた竹中正夫先生にもずっと送っていた。

福吉に定住して五年が経過したころ、西日本経理専門学校は些細なことで校長と喧嘩して、それまでに辞めてしまい、それから転々と職業を替えていた。失業対策事業のおじさん、おばさんといっしょに道路工事をしたりした。鉱害復旧事業といって、地面の下を掘り進んだ「筑豊」の土地は、あらゆるところが陥没したり沈下したりで、まともなところがない。その上にある田んぼには水が正常に流れず、コンクリートの溝を数メートルも上げて造るという始末。家屋も傾いて沈下するので、それを元に戻す工事が鉱害復旧事業と呼ばれ、一時期「筑豊」中のいたるところで行われていた。その鉱害復旧工事にもたびたび携わった。もちろん塾や家庭教師もしたが、建材店に勤め、ダンプの運転手をし、とにかくいろんなことをやった。しかし、長続きしなかった。理由は体が続かないということもあったが、地区のこどもたちのことや、福吉伝道所のことでどうしてもそちらを優先してしまうことがあったからだ。

当時の福吉は中学三年生を終えると、ほとんど全員、県外就職した。高校へ通っていたのは福吉でたった一人だった。中学を卒業すると、集団就職列車で、または西鉄のバスを連ねて、関西や遠く岐阜県までこどもたちは泣きながら送られていった。

そんなこどもたちと「お別れ会」をして、ぼくは必ず「ええか、つらいだろうけれど、辛抱して絶対に職を替えるな」と言い渡した。職を替えるたびに生活が荒れていく例に何回も接していたので、そう言わざるをえなかった。

「月刊福吉」を県外就職したこどもたちにも送り続けていた。熊本の宇土市で大工の修業をしている森田勝己君が手紙を書いてくれた。「先生はぼくたちに職を替えるな、と言いながら、どうして自分は次々と仕事を替えるんですか」と。その質問が嬉しく、ぼくは答えた。「ぼくは『筑豊』に就職したんだ。『筑豊』からぼくが離れたら、その非難は甘んじて受けよう」と。そしてそのときの決心では、少なくとも十年は「筑豊」に就職するということだった。

以上、筑豊のこと、その筑豊とぼくとの出合いをまず理解していただきたく、『筑豊に出合い、イエスと出会う』(いのちのことば社)の一部を転載のかたちで、ここに記した。

本書について

本書に収めた文章は、一九六五年(昭和四十年)四月(ぼくが結婚して福吉に住み込んだ年)から一九六九年(昭和四十四年)十二月まで、「月刊福吉」の第一面の文章を中心に、二、三の文章を加えたものである。

実際、「月刊」という締め切りのある新聞が難産で、原稿なしで思うことをそのまま鉄筆で書いていくことも多かった。だから文章としてはもちろん、内容的にも体系的でなく、なんらまとまりのあるものではないことをご了解いただきたい。

ただ本当に忙しい生活のため、放っておけばズルズルと流されていったであろう危険から、ぼく自身を救ってくれたのはこの「月刊福吉」だった。日記をつけていないぼくは、「月刊福吉」をそのため「月記」と呼んでいる。

このようにまとめられたものを読み返してみて、とにかく福吉という与えられた場で、精いっぱい闘ってきたことだけはいえるように思う。福吉にいたときのことを振り返ると、本当にいろいろなことがあったと思わずにいられない。その間にも福吉はずいぶん変わった。しかし、ぼくが求めた人間はそんなに変わったとはどうしても思えない。

問題はいろいろ変化するのだが、その問題が問いかけていることはいつも同じだと感じざるを得ない。人間に向かって悔い改めを求めている出来事を、人は変わらないままで処理してきた。そんなように思えてならない。

固有名詞がいくつか出ており、ずいぶん思い切ったことを言うとお感じになるところがあるかもしれないが、これでも当時かなりセーブしたほうで、その歩みの中で何回か問題を引き起こし、人を傷つけてきた。でも一番傷ついたのは自分自身で、その一つ一つの責任をずっと取らされているというのが現実だ。ぼくの真意は決して分裂ではなく、共に歩みたいというところにあることを読み取っていただきたいと思う。

「筑豊に生きて」という書名にも抵抗を感じる。本当は筑豊のごく一部の小さな閉山炭住福吉で生活しているということなのだ。

福吉という小さな社会で起こる問題、しかもぼく自身がとらえ得る範囲でとらえた問題だけが書かれている。それにしても大問題ではないか。そしてこれはぼくの推測だが、ひと皮剝けば皆さんの身辺にも、これと同じ問題がゴロゴロしているに違いないと思う。

ぼくの願いは、その身辺の問題にしっかり取り組んでいただきたいということだ。

筑豊の問題を主題にした本はずいぶん出ている。県外就職したこどもたちはそんな本をあまり喜ばない。暗い面が誇張されて読む者に暗い筑豊のイメージを与えるからだろう。

筑豊はそんな暗いところではない、暗いといえば日本全体が暗いのだと叫びたいのだが、内容を読み返してみて、ぼくも筑豊（福吉）の暗さをのみ、問題にしたようだ。しかしそれは、ぼくが福吉の住民で、福吉の問題と闘っている（「月刊福吉」は、福吉の人を対象にした新聞）ことの表れなのだから、しかたがないかもしれない。それにしても県外の友が、また筑豊のイメージを暗くする本が一冊増えたと感じるだろうと思うと、なんとしても心が重い。

筑豊には日本基督教団に属する教会が四つと、伝道所が三つある。筑豊協力伝道奉仕委員会という会を作り、筑豊の問題を担い合っている。この会が毎年「筑豊」というパンフレットを出している（二号まで発行）。筑豊での教会の歩みに関心をもたれる方は、この冊子を読んでいただきたいと思う。というのは、たとえばこの『筑豊に生きて』は、ぼくの姿勢であって、同じ日本基督教団に属する牧師先生がたの間でも、筑豊の問題をどのようにとらえるかはずいぶん違うからである。ぼくとしては、この違いを理解していただきたいのだが、それはこの本の意図の外にある。ただ、筑豊にいる牧師はみな同じ考え方で働いているのだと、簡単に思っていただかないようにお願いしておく。あえてこのようなことを書くのは、筑豊協力伝道奉仕委員会の歩みの中で、その違いは表面的なことではなく、信仰の根本的なところに関わる問題だと思わずにいられなくなったからだ。だから、ぼくの筑豊に対する姿勢に疑問を抱かれる方は、ぜひ「筑豊」を読まれることをおすすめしたい。

40.4.15
オ1号
（80号）

月刊福吉

発行
福岡県田川郡
金田町福吉
犬養光博

福吉に帰って

犬養光博

一年ぶりに、福吉に帰って来ました。とてもうれしいです。僕にとって福吉は故郷以上です。人の一生にとって忘れられない場所というものが一つや二つはあるものです。そしてそのような場所は、単に景色が美しいとか、親切にしてもらったとか言うだけでなく、その人の生き方に何か意味を与えたということと結びついています。

僕は今度はおくさんと二人でやってきました。三月二七日に大友の教会で結婚式をあげ、新婚旅行は阿蘇を選びました。阿蘇は本当にすばらしい山でした。大自然のいぶきといったものを感じました。阿蘇では修学旅行の学生さんたちといっしょになりました。たくさんの人々と阿蘇の火口をのぞきこみながら色んなことを考えました。僕にとっては阿蘇はそう忘れることの出来ない山です。それは阿ソが国立公園だからではありません。その景色がどれだけ美しくても、自殺するためにこの山に登った人にとっては、悲しい、苦しい、そして早く忘れてしまいたい山にちがいありません。（もっとも、その人が生きている場合ですが）。僕にとって阿ソが忘れられないのは愛する妻子と将来のことを色々語りあいながらそれに登ったからです。

福吉は、僕にとって阿ソ以上です。なぜなら僕は福吉で本当の神様の力を知らされたからです。阿ソは愛する妻子を知った所、そして福吉は神様が僕を知っていて下さることを知らされた所です。このことのために僕は福吉を含む筑豊全体に心から感謝しています。その感じの気持が僕を再び福吉にみちびきました。筑豊であたえられたこのよろこびをまず筑豊の人々に知っていただきたいと願う気持からです。

さて、三七年度の船戸先生から始まった僕たちの運動は一応、三九年度の山本、山下先生で終りました。このことをはっきり知っておいていただきたいと思います。僕が今度福吉に入って来たのは学生という身分においてではありません。福吉の第三組の住民という身分においてです。だから僕はたべるために働かなければなりません。一昨年は、学校の援助や、教会の援助、あるいは友人たちの援助によって活動しました。しかし今度は自分の生活費は自分でかせがなくてはなりません。そのために時間がとられてこれまでのように子供たちと遊ぶ時間がないかも知れません。でも立派な教会の組織であることですしきっと今まで以上の子供会活動がなされることだと思います。

僕が福吉で一番力をいれてしたいと願っているのは聖書研究会です。毎日曜の朝十時より一時間僕の家で開いています。四月四日から始めましたので十八日は三回目になります。中学生以上であればどなたでもおいで下さい。共に学びましょう。さきほど僕は福吉で本当のよろこびを知ったといいましたが、それは聖書を学んでいる間にあたえられたものです。福吉の皆様にこのよろこびを知っていただきたいのです。

それから保育所は妻の素子がお手伝いさせていただきますのでよろしくお願いいたします。又、これまでの「週刊福吉」は「月刊福吉」と名を変えて毎月一五日に発行いたしますのでこれまで同様かわいがって下さり、意見や、げんこうをおよせ下さい。

「月刊福吉」第１号１ページ（1965 年４月 15 日）

福吉に帰って——一九六五年（昭和四十年）

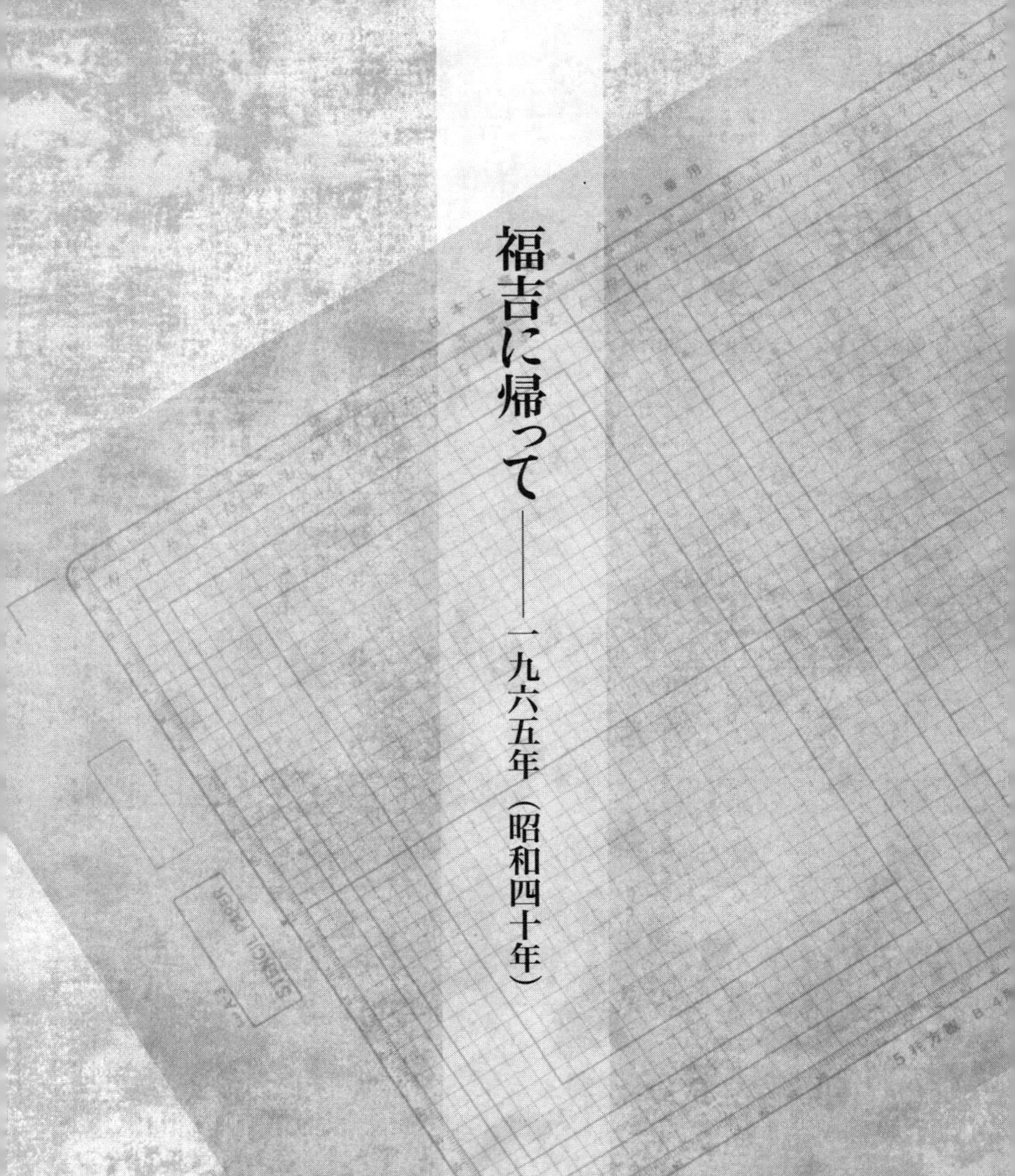

福吉に帰って

一年ぶりに、福吉に帰って来ました。とてもうれしいことです。ぼくにとって福吉は故郷以上です。人の一生にとって忘れられない場所というものが一つや二つはあるものです。そしてそのような場所は、単に景色が美しいとか、親切にしてもらったとかいうだけでなく、その人の生き方に何か意味を与えたということと結びついています。

ぼくは今度は妻と二人でやって来ました。三月二十七日に大阪の教会で結婚式をあげ、新婚旅行は阿蘇を選びました。阿蘇は本当に素晴らしい山でした。大自然の息吹といったものを感じました。阿蘇では修学旅行の学生さんたちといっしょになりました。たくさんの人々と阿蘇の火口をのぞきこみながら、いろんなことを考えました。ぼくにとっては阿蘇はもう忘れることのできない山です。それは阿蘇が国立公園だからではありません。その景色がどれだけ美しくても、自殺をするためにこの山に登った人にとっては、悲しい、苦しい、そして早く忘れてしまいたい山に違いありません（もっとも、その人が生きている場合ですが）。ぼくにとって阿蘇が忘れられないのは、愛する素子と将来のことをいろいろ語り合いながら、それに登ったからです。

福吉は、ぼくにとって阿蘇以上です。なぜなら、ぼくは福吉で本当の神さまの力を知らされたからです。阿蘇は、愛する素子を知った所、そして福吉は神さまがぼくを知っていてくださることを知らされた所です。このことのためにぼくは福吉を含む筑豊全体に心から感謝しています。その感謝の気持ちがぼくを再び福吉に導きました。筑豊で与えられたこの喜びをまず筑豊の人々に知っていただきたいと願うからです。

さて、一九七二（昭和三十七）年度の船戸先生から始まったぼくたちの運動は、一応、一九七四（昭和三十九）年度の山本、山下先生で終わりました。このことをはっきり知っておいていただきたいと思います。ぼくが今度福吉に入って来たのは、学生という身分においてではありません。福吉の第三組の住民という身分においてです。だからぼくは食べるために働かなければなりません。一昨年は、学校の援助や、教会の援助、あるいは友人たちの援助によって活動しました。しかし今度は、自分の生活費は自分で稼がなくてはなりません。そのために時間を取られて、これまでのようにこどもたちと遊ぶ時間がないかもしれません。でも、立派な育成会の組織もあることですし、きっと今まで以上のこども会活動がなされることだと思います。

養鶏所の前で、青年たちと

ぼくが福吉で一番力を入れてしたいと願っているのは聖書研究会です。毎日曜の朝十時より一時間、ぼくの家で開いています。四月四日から始めましたので、十八日は三回

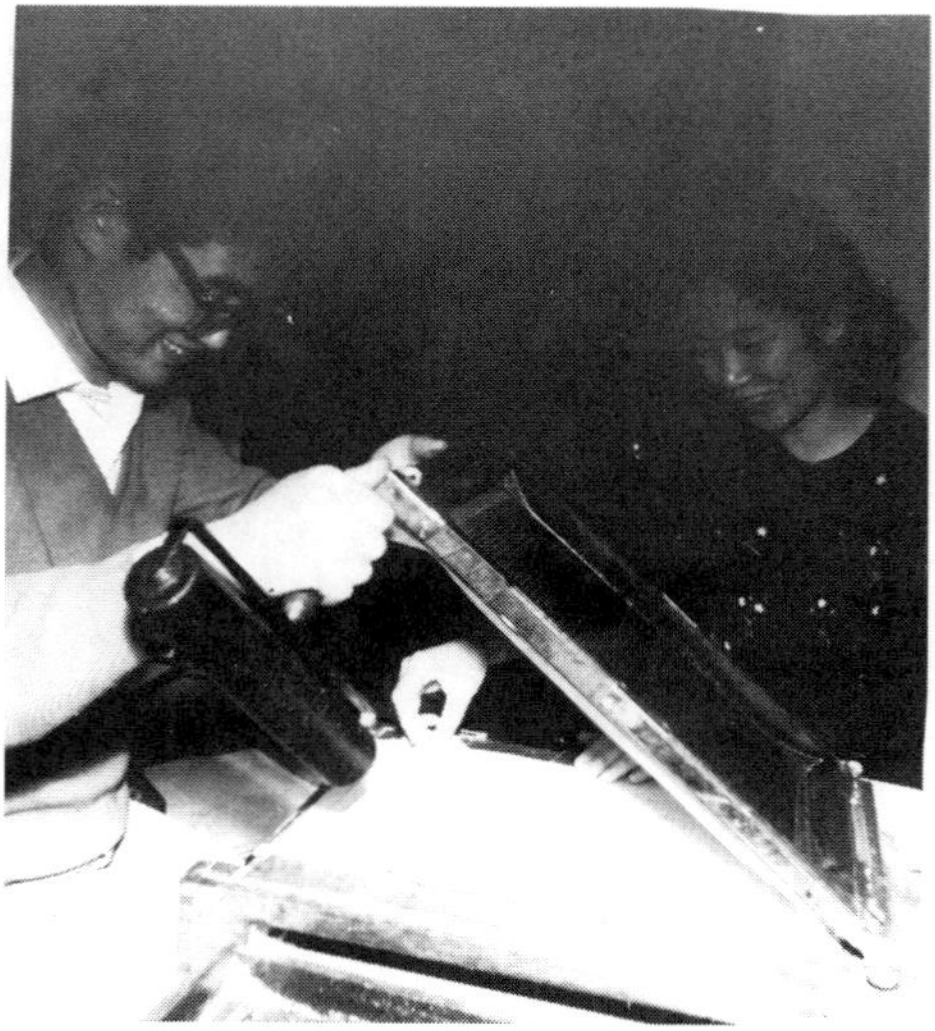

「月刊福吉」の印刷

目になります。中学生以上であれば、どなたでもおいでください。共に学びましょう。先ほどぼくは福吉で本当の喜びを知ったと言いましたが、それは聖書を学んでいる間に与えられたものです。福吉の皆さまにもこの喜びを知っていただきたいのです。

　それから保育所は妻の素子がお手伝いさせていただきますので、よろしくお願いいたします。また、これまでの「週刊福吉」は「月刊福吉」と名を変えて、毎月十五日に発行いたしますので、これまで同様、かわいがってくださり、意見や原稿をお寄せください。

（一九六五〔昭和四十〕年四月）

つきあい

「つきあい」が大切だ、とよく言われます。その「つきあい」のことを少し考えてみましょう。

ぼくたちが人とつきあうとき、初めから、「あいつはいやなヤツだ」と判断を下してしまってつきあわないことがあります。自分で自由に選べる友人などの場合は、いやならつきあわないですみますが、これが職場の上役や仲間であるか、学校の友人である場合は、嫌だからといってつきあわないでいるわけにはゆきません。無理をしてでも「つきあわ」なければなりません。その無理が人と人とのつきあいをいびつなものにしています。もうものも言わないで過ごしている職場の仲間たちのことを考えてみてください。

この場合、まず問題なのは「いやなヤツだ」と決めてかかることだと思います。人間なんてものはその全体を理解することはなかなか困難で、その全体を理解するためには、ずいぶんの時間と努力が必要だと思います。いや、いくら時間と努力をかけても不可能だと言ってもいいかもしれません。それなのに、よくつきあってもみないで、第一印象だけで「いやなヤツだ」ときめつけてしまうことはずいぶん勝手です。

これとは反対に、一目見て、「素晴らしいヤツだ」と判断してつきあうこともあります。しかしこれも大いに危険です。「素晴らしいヤツだ」と判断してつきあっている間に、「いやなヤツ」になってくると、「あんなヤツではなかったのに」と腹を立てます。「友人に裏切られた」と腹を立てる人は多いのですが、裏切るような人間だ、と判断できなかった自分を反省する人はほとんどありません。「素晴らしいヤツだ」と、つきあってもみない先に決めてしまった自分の浅はかさを嘆くべきです。とにかく、「嫌だ」とか「素晴らしい」とかを先に決めるのでなく、まずつきあってみることです。

しかし世の中にはどうしても好きになれないいやなヤツがいるものです。つきあってみて

「いやなヤツ」とわかったとき、ぼくたちはその人から離れようとします。あるいは、離れることのできない場合は大変な苦痛を味わいます。ここに第二の問題があります。

「いやなヤツだ」とわかって、それが事実であったとしても、もしそのために「つきあい」をやめてしまうならば、一つの大切なことを忘れていることになります。それは「人間は変わり得るのだ」ということです。ぼくは、「人間が変わり得る」のは本当に恵みだと思います。つきあわなければならないあの「いやなヤツ」がそのままずっと「いやなヤツ」であり続けるとしたら、ぼくたちはその「つきあい」を続けてゆく勇気を失ってしまうかもしれません。しかし、幸いなことに、その人は変わり得るのです。いつの日にか「いやなヤツ」でなくなる可能性をもっているのです。そう考えると、現在「いやなヤツ」だからつきあわない、というのはおかしいことがわかります。ぼくたちの「つきあい」の基礎は現在にあるのではなくて、将来にあるのです。将来に基礎のある「つきあい」はなかなか潰れません。

本当の「つきあい」は、「変わる」ことを前提とした「つきあい」で、「つきあって」いる間に両方共が「変わって」いくような、そのような「つきあい」です。


（一九六五〔昭和四十〕年五月）

Y君へ

Y君、君が学習会に来なくなったことについて、いろいろ考えさせられています。「どうしてだろうか」とです。学習会は四月十八日から始まりました。初め福吉の中学生はほとんど全部この学習会に加わったのですが、二か月たった今日、学習会に来るのは一年生六名（初めは一〇名）、二年生九名（初めは一六名）、三年生八名（初めは八名）です。

この学習会を始めるとき、ぼくは次のようなことを考えていました。

一昨年、ぼくが松崎君と福吉にいたころの目標は、とにかく学校へ行くということであったけれども、その目標は達成され、今年の新しい目標は、学力をつけることだった。

事実、船戸先生のおられたときから比べて、長欠児童は一人もいなくなりました。このことをぼくはだれよりも喜んでいます。（ところが最近また、学校を休む生徒がいることを知って、悲しんでいます。きみも知っていると思います。できるだけ誘っていっしょに学校へ行くようにしてあげてください。）とにかく、今の福吉の中学生に必要なのは「学力だ」と考えたのです。正直に言って、福吉の中学生の学力は相当低いのです。それにはいろいろな原因のあることはよくわかります。「十分勉強する環境が整っていない」、「わからないときに教えてくれる人がいない」、「参考書が買えない」等々。

学習会を開いたのは、以上のような考えの上に立って、少しでもみんなの役に立てばという気持ちからだったのです。でも、二か月を迎えようとしている今、ぼくは少々腹立たしくなってきました。

きみはどうして学習会をやめたのですか。一か月一〇〇円というお金がもったいないのでしょうか。（これはきみに言ってもしかたのないことですが。）勉強のためのお金をけちって、いったい何に使おうというのです。お酒？　オートレース？　キャンディ？　福吉のどの家庭も、月一〇〇円の教育費を出せないことはない、とぼくは思います。生活保護で教育費の一切が国から出されているので、一人の人間の教育のためにどれほど莫大なお金が要るか実感できないとしたら、これは大変なことです。

一〇〇円のためでないとすれば、きみはどうしてやめたのです。

「勉強が難しくオモシロクないから」、それは当たりまえだと思います。勉強がオモシロクってたまらないという人はごく少数です。ほとんどの人が、オモシロクないのを歯をくいしばってがんばっているのです。ぼくは、君が「勉強がオモシロクないのでやめた」としたら、とても悲しいのです。きみは、もうみんなが走っているその競走をやめてしまったようなものです。人間は自然のままにしておくと、「楽をしよう、楽をしよう」と考えます。福吉の人々が積極的に仕事を見つけて生活保護を切ろうとしないのはどうしてですか。楽をしようと考えているからではありませんか。きみのような中学生の時代から「楽をして生きよう」という態度の表れているのを、ぼくは悲しむのです。楽をして得をしたように思っているけれど、それは大きく見れば必ず損です。

Y君、きみがこれから出て行こうとする社会は、「オモシロクないこと」「いやなこと」でいっぱいなんだ。今のきみの生活態度のままだと、その社会で耐えることはできないだろう。そしてそんな人間は自分の力で生きていけないので、国の力に甘えたり、他人の力に甘えたりするのです。今、苦しくっても勉強しておかないと、これからの人生のすべてで損をする、とぼくは言いたいのです。

（一九六五〔昭和四十〕年六月）

水道問題に思う

今年福吉に来て、一番驚いたのは、あのデラックスな水道施設でした。「よくもまあこんな立派なものができたものだ」と感心しました。「水」は福吉の大問題の一つでした。ぼくが一昨年福吉にいたとき、「週刊福吉」で二回ばかり「水」の問題を取り上げました。一回目は一九六三（昭和三十八）年の七月十三日号で「水と道と灯」と題して、福吉に今必要なのは、水と道と灯だ、と書いたのです。そして現在、水はあの立派な簡易水道ができ、道は神崎の村から福吉まで町道となり、ある新聞記者が「閉山炭住街でじゃりを敷いているのはここだけ」と語っていたごとく、じゃりが敷かれ、ずいぶん立派になりました。それから灯ですが、真っ暗だった炭住に外灯がついて明るくなりました。こうして考えてみると、福吉は皆の努力でどんどん改良されているのだと感ぜざるを得ません。

二回目は一九六四（昭和三十九）年一月十一日号で「新しい年」と題して、一九六四（昭和三十九）年度、福吉が取り組まなければならない問題は水道問題だ、としました。そして、福吉にとって水道問題とは、水不足がなくなるということとともに、次のような意味をもっている、と述べています。

「水道問題が解決するまでにはきっと長い年月がかかるだろうと思うんですが、その過程の中で今までのあまりかんばしくない風習、ものの考え方が打ち破られていくだろうということです。この意味で水道問題をぼくは福吉が新しくなる一つの砦だと理解します。」

一九六四（昭和三十九）年度は文字どおり「水道」の年であったようです。役場へ「水よこせ！」のデモをしたり、何回も水道会の話し合いがもたれたりして、やっとここまでたどりついたのです。でもぼくは、水道の新しい施設に比べて、福吉のものの考え方がちっとも新しくなっていないのに少々ガッカリしました。

この間の水道会の総会では次の二つのことが大きく問題になりました。一つは「簡易水道施設を福吉が管理する」ということであり、他の一つは「たちあがり（共同水道のこと。四、五軒に一つの水道が設けられ、戸外にある）でゆくか、各個別のメーターでゆくか」ということでした。

一については、もうすでに町長と水道会（福吉）との間に契約ができているのですが、ぼくは「管理する」ことがいかに難しいことであるかを、この際福吉の人々にはっきり知っておいていただかなければならないと思います。正直にいって、現在の福吉には管理する力がないと思います。「町に管理してもらえば一戸について、八〇〇円くらい毎月払わなければならない。地区で管理すればもっと安くなる」というのがほとんどの意見なのですが、本当にどんなことが起こっても、これを管理してゆけるのでしょうか。

第二の問題は、その管理がいかに難しいかを知らせてくれる一つの具体的な例です。「たちあがりにするか、各戸別のメーターにするか。」ぼくの結論を言えば、相当の費用がかかっても各個別にメーターを取りつけなければダメだということです。いろいろ意見が出ていましたが、正確に使った水の量を知るのはこれ以外にありません。この場合、現在のたちあがりは全部廃止するべきだと思います。たちあがりが近いからメーターをつけないと言う人は、たちあがりは自分の家だけのために作られたものでないことをはっきり知ってください。

水道問題はいよいよこれからが本番だと思います。

（一九六五〔昭和四十〕年七月）

福吉の二、三の青年の皆さまへ

今、夜の十時四十分です。池一つ隔てた向こうの道から、きみたちの大きな声が響いてきます。「今何時と思っているのだろう」と妻と話したところです。今度は、「用意ドン」とともに、池で泳ぐ水しぶきの音です。小学生や中学生のこどもたちが学校や警察から止められて、この池で泳ぎたくとも決して泳いではいけないのを、きみたちは知らないのだろうか。こどもたちが明日、この池で泳いでだれかに注意されたとき、「青年さんが泳いでいたもん」と答えたとしても、きみたちは何も感じないだろうか。

きみたちのことがこんなに気になるのは、ちょっと前、きみたちがぼくのところへバイクを借りに来たからだ。ぼくは便所に入っていた。きみたちは「風呂へ行くので、バイクを貸してほしい」と言ってきた。妻は「さあどうかしら、今、留守なんだけど」とうそをついた。ぼくは便所から出て来て、「うそをつかせてすまないね……」と語ったものだ。昨日もきみたちの一人がバイクを借りに来た。

ぼくの気持ちの中で、福吉の人々から何かを頼まれて、それを断ると、何か非常に悪いことをしたような気になる。バイクを借りに来られた時もそうだ。

でも、よく考えてみて、きみたちは風呂に行きたければ、歩いて行けばいいじゃないか。なにも人の車を借りる必要もなかろうと思うのだが。正直に言って、きみたちは自分の力で何かをするという努力をあまりにもしなさすぎるのではないか。何か病人が出たとか、そのほか、急用の時ならともかく、まったく個人的なことで人の車を借りることもなかろうと思うのだが、どうだろうか。

ぼくがケチなことを言っているように思われるかもしれないが、そうじゃない。きみたち若い人々がこの福吉の明日を担う人々なのに、その人たちが自分の足で立派に歩こうとしないのが、見ていて歯がゆいのだ。自分の力で稼ぎ、自分の稼ぎで生活してゆく、そのことの重みをきみたちもよく知っているはずだ。

きみたちの行動の一つ一つを福吉のこどもたちは見ているのだ。福吉のこどもたちの将来にきみたちがどれほど大きな役割を果たすかと考えるとき、ぼくはどうしてもきみたちが自分の足でしっかりと歩んでくれることを願ってやまない。

仕事がない、おもしろくない、きみたちにもきみたちの言い分があろう。だからといって、自分を甘やかしていては、何もならないと思うのだが。バイクのことはその一つの表れだと思う。福吉全体がみんな自分の力で歩むことを放棄してしまっているように、ぼくには思える。自分の足で歩くことは単調なことで、オモシロクない、忍耐のいることだ。しかし、その生活が本当の生活なのだ。朝早く弁当を持って職場に出かけ、夕方空弁当を提げて帰って来る。きみたちはそんな単調な生活に耐え得ないかもしれない。いつもより激しい刺激を求めて、何かオモシロイことはないかと探しているきみたちには、その単調な生活の中での幸福がわからないかもしれない。そのことが問題なのだ。

とにかく、苦労して働くこと、それが出発点だとぼくは思う。

「働かざる者、食うべからず」とある国では語られているそうだが、本当にそうだと思う。〝働いている〟ことが、人間の条件の大きな部分を占めているのだ。自分の足で歩くことは、きみたちにとって、苦労して働くことから始まるのだとぼくは思う。

（一九六五〔昭和四十〕年八月）

創価学会信者のおじさんへ

おじさん、おじさんも知っておられるように、近ごろ、福吉では、創価学会の布教が熱心に行われているようです。布教をしつこくされて、「入ろうか」と迷っている人々もあると聞きます。ぼくは創価学会のことはあまり知りません。でも、ときどきおじさんの下さる「聖教新聞」を読んで、創価学会が多くの面で目ざましい活動を続けていることを知っています。

さて、ぼくは近ごろのおじさんの様子を見ていて、おじさんがいろいろと悩んでおられることがよくわかります。そしてその悩みは、おじさんが真面目であればあるだけ続くものだと思います。

ぼくは、おじさんが創価学会の信者さんであることを知っていました。しかし、多くの創価学会の信者さんとおじさんはどこか違うと、初めから思っていました。そしておじさんと話している間に次のことがわかってきました。それは、おじさんは怒るかもしれないけれど、おじさんは創価学会を信じていないということでした。おじさんは信じているのではなく、信じようと努力しているのです。朝晩の読経や、新聞・教典を通しての勉強、おじさんは本当に信じようとして一生懸命だと思います。しかし、おじさんは信じていないんだ。いや、信じられないんだ。

「俺は創価学会を信じているのと違う。日蓮を信じているだけや」といつか話しておられましたが、そういうおじさんの気持ちがよくわかるように思います。

おじさんは、同じ創価学会の人々の中で本当に単純に信じている人々を見て、うらやましく思われることがたびたびあるに違いありません。何も疑わないでただ信じる、ぼくの周りにいる多くの人々はそのようです。そのような人々とおじさんとは違う。それは顔を見ればわかります。

おじさん、「どうして俺も単純になって信じられないのだろう」という悩みは、これは大切な悩みです。この悩みがないと、自分の信じているものが間違っているのか正しいのか、判断できなくなってしまうからです。それは恐ろしいことです。

それから、おじさんは他の人々と違って、いかにも常識的だ、日常的だ。ぼくはこの日常的なことが素晴らしいと思います。本当の宗教は日常的なものでなければならないと思います。人の迷惑も考えないで布教したり、医者に診せることを不信仰呼ばわりしたり、そんな非常識な行動は熱心であればあるだけ危険です。また長い目で見れば、そんな非日常的な行為が結局その宗教を自滅させるのです。いったい創価学会の仏さまは、人間にそんなに熱心に布教してもらわなければならないほど力が弱いのですか。

ぼくは日常的なおじさんが好きです。

おじさん、お酒はあまり飲まないようにね。もしおじさんの信じている仏さまが本当に力のある方であれば、きっとその人が毎日毎日をどのように生きているかを見られると思います。いいいい、しゃくふくの時だけ、たたきこまれたことをペラペラまくしたてても、その人の日常生活を見れば、それがウソかホントかすぐわかります。おじさんも創価学会を本当に信じようと思うなら、まず日常生活からお酒を追い出してしまわなければダメです。それをしないで、いくら勉強してもダメじゃないでしょうか。

ぼくは、おじさんがお酒でごまかしたりしないで、悩みの木当の解決を一日も早く見つけられるように祈ります。

（一九六五〔昭和四十〕年九月）

忍耐

朝七時。「七時です。学校へ行く時間です」と放送して公民館の前へ行く。寒いのでポケットに手を突っ込んで男の子がボツボツ集まって来る。二、三日前まで夏の半袖のままで通学していたA君が、今日は黒い学生服でとてもうれしそうだ。遠くから「先生いくばい！」と声をかけて走ってくるのは幼稚園のB君だ。B君の兄ちゃんはいつも背中を曲げて、いかにも寒そうにやって来る。「C！　そんなかっこしててつまるか！」と声をかけると、その時だけ手をポケットから出して背すじを伸ばす。D君はここ一週間ほどすねて機嫌が悪い。男の子たちは、今、花壇に咲き誇っているコスモスでおもしろいゲームをしている。二人がコスモスの満開なのを持って、じゃんけんする。勝ったほうが相手の花びらを一枚はじき落とすのだ。花びらがなくなってしまったら負けだ。熱中すると、「出発！」と声をかけてもなかなか集まらない。

水筒をお腹のところへ置いて、両手で押さえながらやって来るのは女の子たちだ。その女の子の小さい子たちが、公民館の石垣を背に馬乗りを始めた。とても楽しそうにやっている。

中学生の男子は、自転車に二人乗りしたり、二、三人ずつ何か話したりしながら池の横の道を下って行く。その道は自労のおじさんやおばさんが二人、三人と連れだって行かれる道だ。

中学生の女子は、グランドでキャッキャッ騒いでいる。

毎朝、福吉はこうしてこどもたちを学校へ送り出す。ぼくはときどき、五年先、十年先のことを想像する。福吉はこうしているだろう。A君やB君はもう就職しているだろう。いや、ひょっとすると高等学校に行っているかもしれない。そして高校の帽子をかぶったA君や、背広を着たB君を想像してみる。とても楽しい。でもこの楽しい想像はいつも決して楽しいままで終わらない。このこどもたちがこれから出合わなければならない苦しみを思うときに、決して楽しい想像ばかりしていられないのだ。中学を卒業すれば、すぐにでも出合わなければならないその苦しみに、こどもたちは耐えうるだろうか。そう考えると、ときどき涙が出てくる。

こどもたちはその苦しさがどんなものか知らない。そして悲しいことに、お父さんやお母さんにも多くの場合この苦しみが理解されていないのだ。なぜなら、もし理解されていれば、こどもをそれに耐えるに必要なだけ教育しているはずだから。

福吉のこどもたちが忍耐ということにいかに欠けているか、福吉の大人の人々は知っておられるのだろうか。忍耐こそがこれから出合う苦しみと闘う唯一の武器だとぼくは思うのだが、もしそうなら、忍耐に弱い福吉のこどもたちは苦しみに遭ったらひとたまりもないだろう。その結果は楽なほうへと流れ、ずるくなり、社会の裏道を通らなければならなくなるに違いない。

我が子の幸せを願わない親はない、といわれるが、もし本当にわが子の幸せを願うなら、こどもたちに忍耐力をつけるべきだ。学校を、そら雨だ、そら親の用だと理由をつけて休むこどもに忍耐力などあろうはずがない。こんな子は、親が幸せを願っていない子だ。こどもに忍耐力をもたせるには、親が忍耐強く生活していなければならない。こどもの幸せのために生活保護を返上する親が一人や二人あってもいいと思うのだが。

（一九六五〔昭和四十〕年十月）

筑豊の課題に向き合って――一九六六年（昭和四十一年）

新年を迎えて

年が新しくなりました。今年はどんな年だろう、平和な年だろうか、生活しやすい年だろうか、といろいろ考えます。とくに福吉にとって一九六六年とはどんな年でしょうか。

去年の暮れ、押し迫った三十日に、福吉の全家庭に水道が引かれました。二、三年前までは「夢」でしかなかった「各家庭に水道を」というスローガンが実現したのです。コックをひねるとジャーと音をたてて吹き出す水を見て、皆さんはどんな感想をもたれたでしょうか。雨の日も、風の日も荷ない棒で担いだバケツのことでしょうか。井戸の前に並んだバケツの列のことでしょうか。水が涸れたとき、夜も寝ないで汲んだ水のことでしょうか。あるいは、水のことでたびたび起こった争いのことでしょうか。それらがすべて過去のことになりました。これから福吉に生まれてくる子は、その昔、福吉に水道のなかったころのことを想像することができるでしょうか。そのこどもたちに井戸の前に並んだ錆《さ》びたバケツや穴の開いたバケツの話をしたら、きっと大笑いするでしょう。早くそんな日が来ないか——と思います。

しかし、水道が引かれるまでに、あるいは引かれた今も、あちこちで起こった問題、起こりつつある問題を、未来の福吉のこどもたちが聞いたら、どんな顔をするでしょうか。

ずいぶんいろいろな問題が起こりました。水道会の歩み一つを見ても、役員が変わったり、何回も解散寸前になったり、陰ではブツブツ言いながら、総会だというと集まらないで流会になったり。

ぼくは水道の立派に完成した今、その勢いよく吹き出す水を見て、この水が出るようになるまでになされた一つ一つの恥ずかしい行動を、じっくり反省しなければならないと思います。「地区のため」と口では言いながら、結局は自分の家が少しでも得するようにしか行動してこなかったのではないか。

「たちあがりをつぶして自家水道にしよう」という声が大部分になったとき、たちあがりのすぐ近くにある家の何人かの人々は賛成しなかった。そんな人々は、たちあがりから遠くの家にある人々のあることを知らなかったのでしょう。

ぼくの家の前に山水を引いて小さなバッグを作った。このバッグを使う人々がみんなでお金を出し合って作った。しかも、水道会の総会で承認を得て作られたのです。ところがある人々の反対があって、区長さんから「潰してくれないか」と言われた。この問題が起こったとき、ぼくはいったいその文句を言う人はどんな気持ちでいるのだろうと考えた。あとで聞いてみると、ぼくのところが水を引いたので、自分たちのところへ今までどおりの水が来ないから、ということであった。

自分のところへ水が来るようにするためには、ちゃんと水道会が認めたバッグも壊してしまえとするその考え方、それが水道会の歩みを鈍くし、バラバラにしたのだと思います。

自分の家のためなら、他人の迷惑や他人の不便など何とも思わない。その姿勢のあるかぎり、福吉は決して良くなりません。便利にはなるけれど、良くなりません。

福吉にもテレビがずいぶん増えました。テレビを買うくらいなら、もっとほかにしなければならないことがあるのにと思うところもあります。そんな家庭はテレビがあることによって、ますますメチャメチャになっていくに違いありません。朝から晩までテレビ、テレビで働きもしない、ものも考えない人間になるばかりです。

水道でも同じことで、水道が引かれれば、引かれたにふさわしい生活がなされなければなりません。でないと、便利になればなるほど、怠け者の自分のことしか考えない、ずるい人間が多くなるのです。新しい年もこの福吉の姿勢をお互いに正したいものです。

（一九六六〔昭和四十一〕年一月）

福吉の水道問題

〝水〟騒動は福吉のお家芸の一つです。

ぼくが一九六三（昭和三十八）年四月に船戸良隆さんのあとを引き継いで福吉に来たとき、福吉には井戸が二つと、山水を溜めるバッグが小さいのも含めて四つありました。九二戸、約三五〇人の水源はこれ以外にありませんでした。二つの井戸のうち、一つは池の中にあって、池の水が減ったときしか使えないという代物です。他の井戸は、ですから、ひっきりなしに使われて、いつもその前にバケツが一〇くらいは並んでいました。

雨が一週間も降らないと、たちまちこの井戸は一定の時間を置いてしか出なくなります。

「水道会」というのがあって、その委員が、井戸についている金具を一つはずしてしまうのです。そして一定の時間がたてば、それを取りつけて三荷《か》なり四荷《か》なり汲むのです（一荷《か》というのはバケツ二杯のことで、二つのバケツを荷ない棒の両側につけて運びます）。こんな時はバケツの並び具合は大変なもので、よくもまあ並んだものだと思うほど並びます。中には底の抜けたのや、錆《さ》びて使えそうにない物までが一人前の顔をして並んでいるのですから傑作です。

日照りが続いて最初に使えなくなるのは、井戸です。それで、井戸の順番を「あなあき君」や「そこなし君」「さび君」等に任せて、「現役」のバケツはバッグ通いを続けます。水を汲んだり運んだりするのは、だいたいこどもや女の人の役目で、三〇〇メートルも五〇〇メートルもある道を一生懸命運んで行きます。女の子が「私の背の低いのは毎日水汲みさせられたからや」と言う言葉の意味がよくわかります。若いお母さんが、こどもをおんぶして荷ない棒を肩に担いで歩いて行かれる姿はちょっと悲憤です。

水汲み場

　山水は、福吉の人々がここに住んで以来お世話になってきた水です。福吉の人々はどんな水よりもおいしいと自慢します。四方を山で囲まれている福吉ですから、山水はなかなかなくなりません。しかしそれは山の水を一か所に集めただけで、消毒も何もしないまったくの生《なま》の水です。区長さんの口ぐせは「火事と伝染病をまだ福吉から出したことがない」ということですが、まったくよくもまあ出さずにこられたものだと思うほどです。

しかし山水も無尽蔵ではありません。それであんまり日照りが続くと、さすがの山水も涸れ始めます。そんな時はバッグに蓋《ふた》ができて、それに鍵がかかります。そしてここでも時間給水が行われることになるのです。

ぼくが一年間学生としていた間は、わりあい雨も適当に降ったらしく、バッグに鍵がかかるくらいが関の山でしたが、一昨年やその前の年はもっとひどく、人々は夜寝ないで隣の村や、もっと山奥の山水の溜まっている所まで行って、水を汲んだといいます。

さて、以上が一九六三（昭和三十八）年の水騒動なのですが、これら一つ一つが人々の間にどんな問題を起こしたかはちょっと想像していただければわかることだと思います。「私のほうが先や」「いや俺のほうが先や」という順番争いから、「あそこの家は水を使い過ぎる」という陰口、「日雇い労働から帰って、さあ飯炊きというのに、水がない、先生、そのときの腹立つことというたら茶碗も何もかも打ち壊してしまうことがある」等々。水が原因で起こる喧嘩《けんか》は、数えればきりがありませんでした。しかし人々は、これをどのように解決すればよいのかという具体的なプランももたず、またその力もありませんでした。人々は少しでも水があるときは文句くらいは言っても、なんとかして解決しようと積極的にはならないのです。いよいよ押し迫らないと動き出さないのが福吉の特徴です。それがずいぶん歯がゆいと感じたのですが、とにかく「週刊福吉」等を通じて水道をつけなければならないことをアピールしました。

一九六四（昭和三十九）年、山本将信さんが福吉に住まわれて、この水道の問題を解決してくださいました。ぼくには詳しいことはわかりませんが、地区の人全員で役場へデモをしたり、何回も交渉したりして、やっと坑内の水をポンプで山の上に作った大バッグに入れ、それを一のたちあがり（共同水道のこと。四、五軒に一つの水道が設けられ、戸外にある）で使うという簡易水道が敷かれる見通しがついたのです。この間に何回も水道会の総会、役員会が開かれました。

一九六五（昭和四十）年、再びぼくが福吉に来たときには、山の上に立派な貯水池ができ、たちあがりがボツボツでき始めていました。五月、ついに水は一一のたちあがりから出始めました。これで人々は水の苦労からいくぶん解放されたわけです。ところが、大きな問題が待っていました。それは、この水道から出る水は、今までの井戸や山水のように無料ではないということです。各家庭がいくらかずつ料金を出さなければならないわけです。これでまたひともめしました。何を基準にして料金を計算するかです。そして、とうとう各家庭にメーターを一つずつつけようという結論が出て、その工事が進み、昨年の暮れ、十二月二十八日に福吉の全部、八二戸に水道がついたのです。

水道会の経過報告のような文章になりましたが、ぼくはこれによって、一つのことを学びました。それはこういうことです。

一九六三（昭和三十八）年にぼくが感じたことは、福吉の各家庭に水道が敷かれることは夢だ、そしてこの夢を実現するためには人々の心が変わり、お互いに協力するようにならなければだめだろう、だから水道が各家庭に敷かれることは単に水の不便がなくなることだけじゃなしに、人々が新しく生まれ変わることに連なるだろう、その意味で水道問題は福吉の生まれ変わる一つの砦だ、と。

しかし、今水道は立派に敷かれ、人々は喜びの声をあげているのですが、その心はちっとも変わっていません。ぼくは水道問題の三年にわたる歴史を振り返ってみて、人々が集会をし、デモをし、喧嘩《けんか》をしながら作ったこの水道は、福吉の都会化の一つではあるけれども、決して良き福吉化の一つではないことを知らされたのです。電気もついた、道も良くなった、水道もついた、福吉もだんだん良くなりますね——と言われるとき、ぼくは寂しい。そのような電気や道や水道が、「人間」を置いてきぼりにして、どんどん進んで行くことが悲しいのです。

これからも福吉は便利になり、都会化され続けるでしょう。でも、福吉の人々の心はそのまま残るのではないでしょうか。

人の心を変化させないでなされる業《わざ》、それは危険なものです。便利になったり、近代化したりするものであれば、それだけ危険です。（教会堂を建てるために血まなこになっている先生がたや信者さんの姿の中に、ときどきぼくはこれと同じ問題を感じます。）

ぼくに与えられた課題は、「人間」を変化させていくような業、それは福吉では何か、ということです。今のままであれば、どんな問題が起こっても、福吉の人々はその問題を自分たちの場の中へ引きずりこんで、自分たちは変化しないで解決させるに違いありません。そうではなくて、福吉の人々が古い自分を捨てて、その業をなすことによって自分がつくり変えられていくような業、それは何なのか。

四月以来、八名ぐらいで聖書研究を続けています。マルコによる福音書を学んでいるのですが、ぼくは人々が真に変わる場所は、聖書以外にないと確信しています。自分のような者を愛し続けてくださる父なる神の愛を知るときに、人々の心はまったく変わって、この福吉で隣人を愛するようになるだろう。それがぼくの確信です。

ぼくが福吉でなし得ることは何もありません。ただ、ぼく自身がそうであったように、神さまの愛を知ることこそが一番大切なことだと、福吉で叫び続けるだけです。

最後になりましたが、毎月のご援助を心から感謝いたします。

福吉も日本基督教団の伝道所として認められ、ますます神さまの御用のできる場所になりたいと祈っています。

（一九六六〔昭和四十一〕年一月）

福吉の不正

福吉の炭住（炭鉱住宅のこと）をすっぽり包んでいるどすぐろい空気。このどすぐろい空気を吸っていて、ときどき窒息しそうになります。福吉の人々はこのどすぐろい空気に気づかないのだろうか、吸っていて平気なんだろうか。

ぼくは石炭《スミ》で汚れた空気のことを言っているのではありません。福吉はもう五年も前に石炭とは縁を切ってしまったんですから。この間、東京の友人がやって来て、福吉の空気はとてもきれいでオイシイとほめていました。ぼくもそのとおりだと思います。それにもかかわらず、ぼくは福吉のどすぐろい空気に窒息しそうなのです。

外灯がついて、花壇ができて、福吉の空気は明るく美しくなってきました。それにもかかわらず、福吉の空気は汚れていると感ぜざるを得ません。

ぼくは福吉をわがもの顔で横行している不義のことを言っているのです。生活保護を受けていて、隠れて働きに行って、それをだれかが告げ口したといって腹を立て、告げ口した人を恨む。そんなことが何回か繰り返されています。「告げ口をする人がないようにしよう」というのが婦人会の議題になろうとしているのだから、驚きます。まるで「告げ口」した人が悪人のごとく思われるのですから、福吉はまったく狂ってしまっていると思わずにいられません。「告げ口」をする人にもいろいろな問題のあることは確かです。しかし、それはそれとして、保護費をもらっていて、福祉（ケースワーカーのこと）に黙って働きに行くという不義はどうなるのですか。

ぼくは告げ口はしません。しかしこれからは福祉が来て、だれだれさんは働いていませんかと聞いて、もしその人が働いておられたら、「働いておられますよ」と正直に答えます。このことを告げ口だと思う人は思えばいいし、ぼくを恨む人は恨めばよい。

ある人が「うちのこどもはウソをついてしかたがない」と嘆いておられた。ところが、その人が働きに出るとき、こどもに「福祉が来たら、母ちゃんが働いている、言うたらあかんで。ちょっと親類へ行った、言うとき」と話しておられた。こどもにウソをつくことを自分が教えておいて、「うちのこどもはウソをつく」もあったものではない。

福吉の空気が汚れているのはこの不義の横行です。こどもたちがその空気を吸って大きくなったらどうなるだろうかと心配でたまりません。

こういうように書くと、「そんなことを言っても、生活保護だけでは食べていかれんもん」と、きっと反論されると思います。そしてぼくも、今の生活保護制度に多くの欠陥があり、それだけで「健康で文化的な最低生活」は不可能だとは思います。この問題は非常に複雑です。ただ一つはっきり言えることは、だからといって不正が許される理由にはちっともならないということです。

病気であるとか、身体に障がいがあるとか、あるいは働く意志があっても働く場所がないことが、生活保護を受ける条件です。ところが、福吉には働く力もあり働く場所もあるのに、保護をもらっている人がいます。保護を切られないように隠れて働いている人がいます。

どうして隠れて働くのですか。保護をもらい、賃金ももらおうとするからでしょう。そして保護を切られるくらいなら働かないほうがましだと考える。働かないことがどれだけ福吉を暗くし、自分を傷つけているか考えられたことがないのだろうか。

正しく生きることは苦しいことだと思います。ぼくは福吉の一人一人がこの苦しさを本当に味わってほしいと願ってやみません。一年前、「生活保護者組合」なるものが結成されたのにうまくゆかなかったと聞きます。福吉の明日のことをもし本当に考えるならば、現在行われている不正が改められなければなりません。不正をそのままにしておいて、良くなれ、と言ってもそれは無理です。

（一九六六〔昭和四十一〕年二月）

中学を卒業する皆さまへ

中学を卒業する皆さん、おめでとう。ぼくは心からおめでとうを言いたい。ぼくが初めて福吉に来たころは、きみたちはまだ中学に入ったばかりだった。あのころから比べると、身体もものの言い方もずいぶん立派になったと思う。

この間、東京で船戸先生に会ったとき、ぼくが「今年の卒業生は九人で、そのうち五人は進学する」と言ったら、「へー、福吉もずいぶん変わったものだ」と驚いておられた。驚かれるのも無理はない。船戸先生のおられるころの中学生は、男子も女子も学校をさぼって裏山に隠れたり、映画を見に行ったりで、先生はそれをおっかけまわしておられたのだ。あのころの中学生ときみたちと比べてみて、福吉がだんだん落ち着いてきたのだと感ぜざるを得ない。そしてそのことがとてもうれしい。

しかし、この際、ぼくは進学する人にはっきりと言っておきたい。きみたちが高校に行けるようになったその背後には多くの人の犠牲のあったことをだ。きみたちの中のだれかが「自分は頭が良いから、高校へ行けるのだ」と考えているとしたら、ぼくはそんな人はすぐに高校へ行くのをよすべきだと思う。きみたちより頭が良くて、しかも学校に行けず、泣く泣く働きに出た人が福吉だけでも何人あったろう。現にきみたちの家庭の兄さんや姉さんはどうだったろうか。ほとんどの人が中学を出ると、すぐに働いた。いや、中学さえも満足に行っていないかもしれない。学校へ行った人も人一倍苦労して学校へ行ったのだ。そのことをきみたちははっきり胸に納めておくべきだ。

おそらくきみたちの兄さんや姉さんも「自分たちが行けなかったのだから、せめて弟や妹だけは……」と考えられたに違いない。具体的にきみたちが姉さんや兄さんの犠牲の上にあることは明白だ。福吉で、なんの苦労もなしにきみたちを高校へやれる家庭は一つもない。お父さんやお母さんが、生活を切り詰め切り詰めしてきみたちを高校へやろうとしておられるのだ。高校へ行けることは、きみたちにとって当たりまえのことでは決してない。

なぜぼくがこんなことを言うかといえば、「何のために高校へ行って勉強するのか」はっきり考えておいてほしいからだ。

ぼくは家が貧しく父がいないので、中学を卒業してすぐに働かなければならない状態だった。

それを母が自分で働いてぼくを高校へやってくれた。（もっとも、高校一年生の時からぼくはアルバイトをして、学費その他は自分で出していた。このことは大学院を卒業するまでそうであった。そして愚かにも、ずいぶん長い間このことのために、自分の力で学校へ行っていると威張っていた。）奨学資金という形で国がぼくを支えてくれた。教会の牧師さんや信者さんがいろんな形で支えてくださった。また、姉や弟がぼくが大学院まで出るのを文句も言わずに援助してくれた。弟などは夜間の高校を卒業して、ぼくより六年も早く実社会で揉《も》まれながらぼくを支えてくれたのだ。

ぼくという一人の人間が学校に行くためにどれだけの人の犠牲があったか、そのことに気づいたとき、ぼくは、「勉強するということは結局、その身につけた学問で人々に奉仕することなんだ」と教えられたのだ。

自分は高校に行っているというので、兄さんや姉さんを見くびり、お父さんやお母さんをばかにするようなことを決してしないように。人々の犠牲の上に学校へ行けることを知らない人があまりにも多く、したがって学校へ行く目的も、学問の目的も知らない人があまりにも多いなかで、きみたちは人々に奉仕するための準備を十分にしてほしい。

学歴という肩書きを自分の楽な生活のために用いようとするバカな人間にならないように。

最後に、県外にいる就職しようとしている皆さん、実社会にもまれながら苦労して勉強してほしい。本を読んでほしい。そしてものを考えてほしい。　（一九六六〔昭和四十一〕年三月）

ソロバン教室

四月四日から、公民館でソロバン教室が開かれている。そしてぼくの勤務先の西日本計理専門学校でソロバンを教えている宮井先生が、忙しいなかをわざわざ福吉まで教えに来てくださっている。福吉の小学生、中学生、高校生が三〇人も熱心に（今までのところ）習っている。

ソロバン教室を始めるようになったのは、学習教室に来ている二、三人の人々が「先生、ソロバン教えちゃり」と言ったからだ。ぼくは、「ぼくはソロバンあかんねん。そやけど、だれか教えに来はったら、きみ、習うか」と尋ねたら、「習う、習う」という答えだった。それで宮井先生に相談したところ、「先はどうなるかわからないが、初めは自分が行こう」とおっしゃった。

ぼくは一〇人くらい集まるだろうと考えていた。そしたら最初の日に二五人集まった。その最初の日はこんな様子だった。

ソロバンを持って来ない子も三人ほどいた。ソロバンを持っている子もお店で使うような大きいのを持っている子、両手の中に入ってしまうような小さいのを持っている子、中には五つ玉を威張って持っている子もいた。玉が湿って動きにくくなっているソロバンをガチャガチャいわしている子もたくさんいた。みんながガヤガヤ言っている。

「やかましい！」と宮井先生が大声で叫ばれた。みんなが静かになったところで、「正座」と号令がかかった。みんなブツブツ言いながら、板の上に正座する。それから約一時間、宮井先生のソロバンを習う心構えと、ソロバンの基礎についてのお話。みんなは足をモゾモゾさせながら、それでも神妙に聞いていた。

宮井先生は「心構え」として「心正則算正」という言葉をあげられた。「心が正しければ、ソロバンもまた正しい答えが出てくる」というのである。そして「心が正しい」とはどういうことかを説明された。ソロバンを習おうとするものは、礼儀や姿勢から習っていかなければならない、と。必ず正座してソロバンをはじくこと、履き物をキチンと並べること、掃除をすること等。

始まって一週間が過ぎた。宮井先生は次のように感想を述べられた。

「初めて行ったとき、これは大変なところだと思った。行儀もなっていないし、やかましいし、ソロバンを習うというのに、ソロバンを持たない子はいるし。でも、犬養先生がわざわざ大阪から来て、このこどもたちに何かをしようとしておられるのを見て、我々地元のものが（宮井先生は糸田に住んでおられる）何もしなくてもいいのだろうか、と考えさせられた。ソロバンを通して、行儀や礼儀が少しでも良くなればと思う」と。

ぼくはとてもうれしかった。一年間学習会を続けてみて、ぼくの感じたことは、「福吉のこどもたちには厳しさが必要だ。忍耐力をつけさせなければならない」ということだった。だから、学習会では相当厳しくやった。でも、学習会に集まって来るこどもたちはごく少数だ。もっと福吉全体のこどもたちをつかまえられないだろうか。

そんなときにソロバン教室が始まり、宮井先生がぼくのできなかったことをしてくださるのだ。本当にうれしい。

学校から帰って来た女の子が二、三人、息を切って、「先生、今日ソロバンあった?」と聞く。「今日はなかった。あしたや」と言うと、「良かった!」と本当にうれしそうに笑う。そんな姿を見ると、ぼくは涙が出る。そして、この気持ちをいつまでも持ち続けてくれるように祈る。

宮井先生はとても忙しいので、続けて来ていただくことができない。どうしようかと考えている。先生は、「福吉の高校生が小学生や中学生を見ながら、自分も練習できるようになればなあ」と言われる。すぐには無理だろうけれど、ぼくはそれを望みたい。

それはともかくとして、ぼくは今ソロバンを習っているみなさんにどうか続けてがんばってほしいとお願いしたい。宮井先生も、福吉のこどもたちがこれだけ手をあげるとは思わなかった、と喜んでおられる。

(一九六六〔昭和四十一〕年四月)

泳ぎたい

五月初め飛び石連休の時は、とても良い天気だった。山は美しく、池の水も澄んでいた。もう半袖で十分なくらい暖かかった。何日か前からこの池で中学生がいかだ遊びをしている。また泳いでいる者もいる。ここで泳いだり遊んだりしてはいけないことをみんな知っているのに、平気で泳いでいる。

保育園の子や小学生の小さな子が、水際のところでうらやましそうに見ている。ぼくは何回か注意し、何回か叱った。みんな文句を言いながら、水から上がった。でも、またすぐ始める。何回目かの注意をしたとき、中学三年のA君がこう言った。

「ほんならぼくらは一年中泳げないんか。」

昨年までは上の岩立の堤で泳ぐことができた。ところが、今年はあの堤に魚が飼われて泳げなくなったそうだ。小学校にはプールがある。(小学校のプールまでは歩いて四十分はかかる。真夏の道を汗をかきかき歩いて行って、ほんの短い時間、水につかって、汗をかきかき帰って来なければならないので、利用する者は少ない。) しかし、中学校にはプールがないのだから、彼らはまったく泳ぐ場所を持たないわけだ。

一人のおじさんがこう言われた。「PTAの時にも問題になったのだが、このごろの日本がオリンピックでも他の競技でも、水泳がはなばなしくないのは、川で泳いではダメ、池で泳いではダメと言って、泳がせないからだ。水のある所ではどんどん泳がせないと、泳げない子ができるし、第一、こどもがかわいそうだ」と。三年ほど前、六ちゃんが小学校の先生に「池で泳いではいけない」と言われたことに対し、喧嘩腰で「そんなこと言うけれど、この池で泳いではいけない、と言ったら、こどもらはどこか他の所を探して、隠れて泳ぎに行くに違いない。そしたら、かえって事故が起こった場合などは危険だ。それより、どこか池を定めて、はっきりと監視をつけて泳がせたほうがいいではないか」と言った。

A君の文句を聞いて、以上のようなことを思い出した。これからますます暑くなって、こどもたちはなんとかして泳ごうとするだろう。今年もう川や池で溺れたこどもたちのことを新聞は報じている。

この問題を解決するためには、いろいろ違った角度から長い努力がなされなければならないと思う。中学校で積極的にプールを作ることが計画されることも一つだろうし（中学ではこの問題をどのように考えておられるのだろう。地区委員の人は、一つ中学に聞いていただきたい）、町の予算を何年か貯めて町営のプールを作るなんてことは夢にすぎないのだろうか。こどもたちの「泳ぎたい」という気持ちをプール作りにつのらせていくことはできないものだろうか。

「泳ぐな、泳ぐな」という禁止だけでは、六ちゃんの意見のように、こどもたちはもっと危険な所で泳ごうとするに違いない。

水のきれいな、衛生的にも良く、危険性の少ない池を指定して監視をしながら、開放することはできないだろうか。

以上のことは、学校や町が協力して、なんとかして解決しなければならない問題だが、福吉では何ができるであろうか。

ぼくはやはり毎年のことではあるが、みんなで海へ出かける計画をなんとしても立てるべきだと思う。費用のあまりかからない所へ今から貯金して、みんなで出かけることが一つの解決だと思う。ぼくは、中学生であるA君の文句を聞いて、こども会がちゃんとあるのだから、自分たちの「泳ぎたい」という気持ちを出して、「海へ行く計画」を立てればいいのに、と思ったものだ。

ぼくも福吉のこどもたちが一年中泳げないことのないように努力しようと思う。福吉の人々もこの問題にはいろいろ意見を発表していただきたい。一方でこの努力をしながら、他方で禁止された場所では絶対に泳がないように、また泳がせないように注意しよう。いけないと言われたことを、自分の欲望を抑えてしないことも、こどもたちにとっては大切な訓練だと思われる。

（一九六六〔昭和四十一〕年五月）

「こども会」について

風邪で二、三日学校も何もかも休んで、床についた。夜、方城の伊方、矢久保（村の名）の方々が五名おみえになった。お話をうかがうと、このあいだ「毎日新聞」に載った福吉の記事を読んで、「いろいろ教えていただきに来ました」と語られた。ぼくは熱もあって、十分な話はできなかったけれど、それでも一時間半ほどいろいろ語り合った。

「どういうように新聞を読まれたか知りませんが、福吉のこども会がうまくいっているなんて決して言えません。それにぼくは今直接こども会にタッチしていませんので」と語ったのだけれど、五人の方々が矢久保のこども会のことを真剣に考えておられるその姿に打たれた。

こう言われた。「うちのこども会は今行き詰まっているのです。私たちも、こども会の大切さはよくわかるし、こども会をどのように運営していけばよいかも、本で読めばわかるのですが、さて実際問題として、どういう目標をもって、その目的に行くためにどのようなプログラムを組んで、どう指導していけばよいのかとなると、何もわからないのです」と。

まったくそのとおりで、ぼくはキャラバン隊の一員として筑豊に来て以来、こどもたちとつきあい、こども会を何回も開き、多くのこども会を見てきたけれど、満足な、つまり、行き詰まっていないこども会なんて見たことがない。筑豊中の、いや、全国のこども会が行き詰まっているのではないだろうかと思う。こども会はこどもが主体で自主的に運営されなければならない、とどんな本にも書いてあるし、だれでも言うけれど、本当にこどもが自主的に運営しているこども会なんて見たことがない。七夕だ、こどもの日だ、クリスマスだと言えば集まるけれど、ペチャクチャしゃべっておしまい。たとえとても楽しいプログラムがもたれたとしても、それだけのこと、こどもの成長に影響を与えるこども会なんて本当にあるのだろうかと思う。

こどもたちに紙芝居を

ぼくは福吉でしていることを話した。

「福吉では二つの違った方向でこども会を立派にしようとしているのです。一つは、いわゆる地区のこども会で、これには赤ちゃんから中三まで一〇五人のこどもが属しています。そして育成会がこれを見守っています。もう一つは、もっぱらぼく個人が意気込んでいるのですが、福吉のこどもの中の何人かを特に鍛えようとしているのです。それを学習会でやってます」と。

ぼくは育成会の人々とゆっくり話そうと思うのだが、福吉のこども会のためには、ぼくはどうしても数人のリーダーが必要だと思う。そしてリーダーは放っておいてできるものではなくて、鍛えなければならない。ぼくは学習会に集まって来るごく少数のこどもたちにそのことを期待している。夏にはこのこどもたちだけをキャンプに連れて行って、このぼくの考えをこどもたちに聞いてもらおうと計画している。一方でリーダーを養成する、一方では全員を対象としたプログラムを立てる。これが現在の福吉の取るべき道だと思う。

伊方の人々は、「こども会の目標、つまり、どんなこどもたちに育てることが目標なのか、いろいろ話し合って〝平和を愛する子〟というのを考えたのですが、なかなかこどもたち（だけでなく、大人の人たちにもだが）にわかってもらえず、またその目標のためにどんな活動をしたらいいのかもわからないので困っている」と語っておられたが、これは大きな問題だと思う。そして目標がはっきりしていないということが、今のうまくいかない理由の一つだろうとも思う。

こども会だけではない。教育そのものの目標があやふやな今日、伊方の人々が出された問題は大きいと思う。

福吉こども会の目標はどこにあるのか、ぼくにはわからない。だからどんなプログラムを立てればよいのかもわからない。

伊方の方々が帰られた後、「こども会」の問題と真剣に取り組んでみようと決心した。そして育成会の人々とは大いにこのことを話し合おうと考えた。（一九六六〔昭和四十一〕年五月）

田川の将来

田川に長く住んで、田川のために長年働いてこられた皆さまの前で、田川に住んでわずかに一年半にすぎないぼくが、「田川の将来」といった題でお話しするのは、ずいぶん無鉄砲なことであるかもしれません。しかし、多くの問題を抱えているこの田川が、今後どのような目標をもって、どのように進むかは、多くの人々と同様、田川の発展を願うぼくにとっても重大な問題なのです。それで今日はぼくなりの考えを述べて、皆さまにご検討いただきたいと思っています。

聖書に、「岩の上に建てた家」と「砂の上に建てた家」というたとえ話があります。家を建てるなら、建てる時は困難であるかもしれないが、岩の上に建てなければならない、というのがその意味です。台風が来ても地震が起こっても、決して倒れないように「岩の上」に建てなければならないというのです。

ここで言う「家」とは、「家庭」と考えても「会社」と考えても、あるいはぼくの住んでいる「福吉」と考えても、「金田町」と考えてもいいわけです。今日はこれを「田川」と考えてみます。

「岩」とか「砂」とかは結局、基礎が何であるかの問題だと思われます。つまり、ぼくたちが「田川の将来」を考えるときに、何を基礎にして町づくりをしていくか、それが問われているのです。

ぼくは今日のお話のために、筑豊の四つの市の年鑑を調べてみました。そして飯塚、直方、田川、山田という四つの市が何を基礎にして町づくりをしようとしているのかを見極めようと努力しました。しかしそれは明確にはわかりませんでした。それでこれらの資料と近ごろの各市の動きから、ぼくなりにその町づくりの様子をまとめてみました。

四つの町の共通点は、今までは炭鉱とともに生きてきたのであるが、石炭産業の斜陽化とともに炭鉱はやまり、失業者が多量にあふれている、しかし、石炭産業以外に働く場がないということです。

飯塚は他の三つの市に比べて、非常に積極的に町づくりが行われている様子です。たとえば、エレベーターのある百貨店というのは飯塚にしかありませんし、市庁のあの立派な建物も、ある意味で飯塚の発展を示しているとも言えます。

学校のことを考えてみましても、飯塚は、最近の近畿大学の設立とも相俟って非常に積極的です。その面だけを見れば、学問の町としての町づくりが成功していると思えます。これは田川の学校行政のことを考えてみると、よくわかります。しかし飯塚の表面の繁栄の陰でどんなことが行われているか、ぼくはその例をオートレースと自衛隊に見ます。

だいたいオートレースの収入によって町づくりが行われているというところに、飯塚の町づくりの最大の問題があるとぼくは思います。先ほど「岩の上に建った家」「砂の上に建った家」の話をしましたが、オートレースでの収入の上に立った町なんて「砂」も「砂」、少し問題が起これば、きっとグラグラするに相違ありません。

その上に自衛隊です。ぼくたち日本人にとっては最大の誇りである戦争放棄を内部からなし崩しにしてきたその自衛隊を、こともあろうにわざわざおいでくださいと招いた飯塚市の町づくりがうまくいくはずがありません。

直方はどうでしょうか。はっきりしていることは、直方が筑豊から離れて、北九州とくっつこうとしていることです。北九州のベッドタウンたろうとしているのです。ぼくは思うんですが、石炭産業とともに歩んできた直方が、それがダメになったとして、すぐに北九州とくっついていこうとするその軽さに大きな問題を感じます。

さて、田川(山田も同じですが)ですが、他の二つの市と比べて、わが田川は町づくりが決してうまくいっているとは思えません。工場誘致もそんなにうまくいっているとは思えません。

正直言って、筑豊で田川だけが出遅れたといった感じをぼくは受けるのですが、どうでしょうか。そして田川は焦っているという感じを受けます。人はこんな田川を情けないものと思うでしょうが、ぼくはこの出遅れた田川を心から評価したいと思います。出遅れた田川、焦っている田川は、その苦しみの中で今までの歩みを反省し、本当の岩を見つけなければなりません。ぼくは具体的には、田川に横行している不正を一つ一つ処理していく、それが今なさなければならぬことであり、「田川の将来」はここから始まると思っています。

（一九六六〔昭和四十一〕年六月）

してもらう

六月十九日、公民館で吉田町長を囲んで座談会が開かれた。町長は、道路、水道、住宅、工場等、金田町の現在の姿勢を語られた。その後、福吉の人々から二、三意見が出た。「町から福吉への道が、ブルドーザーなど頻繁に通るのでザマないことになっている。なんとかしてもらえないか」、「せっかく作ってもらった水道の水が濁っていて、使いものにならないのだが、なんとかしてもらえないか」、「雨が降ると、土管が壊れているので、水が家の中まで流れ込むのだが、なんとかしてもらえないか」、「土管の大きな口が開いたままで非常に危険なのだが、なんとかしてもらえないか」。

町長は一つ一つメモして、「さっそく調査をして善処しよう」と約束された。事実、出された要求の一つ一つが善処されつつある。

ぼくはこの座談会に出ていて、福吉の人たちのものの考え方の特徴をあらためて知らされた。それはあくまで「してもらう」という態度だ。この「してもらう」という態度は徹底していて、福吉の人々の体の一部になってしまっているようだ。

水道ができたときもそうだった。「水よこせ」のデモも、「してもらう」ためのデモだった。町長に出された意見はすべて「何々してもらえまいか」という要求だった。

「してもらう」のが当然と思っている人は、ものの値打ちやありがたさがわからない。勉強会や保育所のお金を班の委員の人が集めてくださるとき、ときどき文句が出るらしい。はっきり口に出して「高い」と言われなくても、学習会費一〇〇円、保育費二〇〇円がずいぶん高く感じられるらしい。必要な経費の値段を考えれば、高いか安いかはわかりそうなものなのに、「高い」と感じるのは、「してもらう」根性が染み込んでいるからだ。

ある人々は「してもらう」のが当然だと考える。「われわれは憲法で、健康で文化的な最低生活をする権利が認められているんだ」というのが、その人たちの口ぐせだ。そして、「資本家は、我々が団結してその権利を守らなければ、決してその権利を認めようとしない」と考え、「団結、団結」と叫ぶ。「団結」して、「してくれ」の闘争を起こし、そのようになれば、「闘い取った」と言う。

「してもらう」というものの考え方は間違いだと言わないまでも、十分ではない。「してもらう」ことは、自分のほうでも何かを「する」ということと、必ずいっしょに使われなくてはならない。

「タダより高いものはない」ということはみんなのよく知っている言葉だけれど、よく味わっておかなければならない。「してもらう」ことが、「する」ことと離して使われるときに、それはとても高くつくことになることをはっきり理解しておくべきだ。

「してもら」えば得をしたと思い、「してもら」わなければ損だと考えておられるようだが、「してもらう」生活が結局大変な損になる。

損の第一は、初めにも触れたように価値判断が狂ってしまうことだ。何が高くて何が安いか、何が尊くて何が尊くないか、何が正しく何が間違っているか、そのような価値判断がまったく狂ってしまうのだ。こんな恐ろしいことはない。

損の第二は、他人のふんどしばかりをあてにしているわけだから、自分はちっとも成長しないことだ。成長するのは文句を言う口くらいのものだ。

損の第三は、人間はだれでも、自分が役に立っていると感じるときにしか生きがいを感じ得ないのだが、「してもらう」生活ではその生きがいが感じられないということだ。

ケネディ大統領は就任演説の中で「わが同胞である米国民諸君、米国が諸君のために何をなすかを問いたもうな。諸君が諸君の国のために何をなしうるかを問いたまえ」と呼びかけた。福吉の我々は金田のために何ができるのだろう。

（一九六六〔昭和四十一〕年七月）

盆休みに県外より帰福した人々を迎えて思う

県外就職をしている人々がお盆の休みを利用して、何人か帰って来た。中学を卒業と同時に遠い所へ行って、立派になって帰って来るこどもを見るのは楽しい。

自分の娘や息子に久しぶりに会えるというので、その喜びを歩き方にまで表しているお母さん方を見るのもまた楽しい。

「先生、ニワトリわけてもらえる?」とふだんはあまり声をかけないおばさんが言われる。「いいよ、なんかあるの?」と聞くと、息子が帰って来る、とうれしそうに語られる。

ぼくの弟は建築屋で、高校を卒業してしばらくすると、東京の現場のほうへ行ってしまった。弟が行ってしまったあとの母の寂しそうな顔をいまだに忘れることができない。お茶碗か何かを洗いながら涙をポロポロ出していた。そんな弟がヒョッコリ帰って来たとき、母は本当に幸福そうだった。福吉のお母さん方のうれしそうな顔を見て、ぼくは、〝母〟のいない自分をもう一度知らされた。

県外に出たこどもたちのことを思って、お母さんの心はどんなに不安だろう。今年だけでも二人のこどもが県外で大怪我をした。足を折ったり、手の四本の指を切ってしまったり。お母さんの心配を思う。

でも心配できるお母さんはいい。よそのこどもが立派になって、元気な姿で福吉に帰って来るのを涙で迎えられた大塚のおばさんのことを思う。近鉄観光バスのガイドさんだった正子ちゃんは、休みを利用して生駒山に登り、大きな蜂の大群に顔中を刺されて亡くなられた。もう決して帰って来られない正子ちゃんのことをおばさんは今年も偲《しの》ばれたに違いない。

中学を卒業と同時に親もとを離れ、関西や関東に出て行かなければならない筑豊のこどもたちを見て、ぼくは恥ずかしさを感じる。

同じ年ごろの都会のこどもたちはどうだ。親といっしょにぬくぬくと勉強しているではないか。それをありがたいとも思わないで、高校生活なんてオモシロクナイなんてぜいたくなことを言い、エレキギターや何やで問題を起こしているようなヤツは、てめえらの生活のために犠牲になり、フーフー言いながら生きている筑豊のこどもたちのことを思ってみればいい。

と、こんなことを書けば、〝筑豊のこどもたち〟からも、〝都会のこどもたち〟からも文句が出よう。でも、ぼくは個々に例外を認めるとしても、ただ大阪に生まれたか福吉に生まれたかの違いだけでこんな不平等が生まれてくるぼくらの社会、また、その不平等がたいして問題にもされていない社会に憤りを感じる。

県外に出て行くこどもたちは、ここ数年はまだまだ増えそうだ。来年三月、涙ながらに福吉をあとにするであろうこどもたちが、福吉だけで一〇人近くいる。県外に出たら困るだろう。それまでにあれも教えておきたいし、このことも知らせておきたいと思う。でも、彼らは一向にこちらの思いを汲んでくれない。大きな大きなハンディキャップを背中に負って彼らは出て行く、出て行く彼らがその大きさを知らないのだ。勉強もしないで、体だけは大きくなり、文句や陰口だけは一人前以上になり、堂々と胸を張って歩くのでなく、いつもコソコソと人を恐れ、人の目を気にして生きている今の彼らが、県外に出て、どんな道を歩むのか、ある意味で決まってしまっているようだ。

福吉のお母さん！　県外に出ているこども、県外に出ようとしているこどものことをもっと深く考えてほしい。中三の諸君、残された期間に本当の自分の姿に気づいてほしい。


（一九六六〔昭和四十一〕年八月）

ぼくと筑豊

大江健三郎氏が岩波新書で『ヒロシマ・ノート』という本を出されたのは昨年のことだったと思います。この本はいろいろな問題をぼくに投げかけてくれましたが、その本の中で大江氏は「広島が自分を変えた」と告白しておられます。氏はそのエッセイ集『厳粛な綱渡り』（文藝春秋）の中で、「ぼくはルポルタージュを作家の修業とみなす」（二六九頁）と語っておられるから、「広島」もそういった場所の一つにすぎなかったに違いありません。ところが、ルポルタージュの作業の中で氏は、「広島」には現在の人間の問題を真剣に取り上げざるを得ない場があることを発見し、そのことによって自分がつくり変えられたことを告白されるのです。

ぼくにとっての「広島」は「筑豊」です。人間にとって忘れがたい大きな事件が場所と結びついて、その場所が自分の人生にとって離れてはあり得ないようなものになることが、一回や二回はあるものですが、ぼくにとって筑豊とはまさにそういうところでした。

皆さんと同じようにキャラバン隊の一員として一九六一（昭和三十六）年八月に初めて筑豊に足を踏み入れたときは、「筑豊の問題」が何なのか、見当もつきませんでした。ただ炎天下でこどもたちと遊んだり学んだりしただけです。以後、次年度には夏と冬の二回筑豊を訪れました。何回か来る間に筑豊の問題は何かはわからないにしても、二週間のキャラバン活動くらいで云々《うんぬん》するほうが無理だと知らされ、一九六三（昭和三十八）年四月より、ちょうど一年間住んでこられた船戸さんの後を引き継いで松崎君と二人で福吉に住むことになりました、一年間学校を休学して。

ぼた山をバックにしたこどもたち

ぼくにとって筑豊が「広島」になったのは、この一年の間です。それも一年間になしたいろいろな業（こどもの指導、公民館活動、「週刊福吉」作り、養鶏場）によってではなくて、遠い東京におられる一人の先生によってでした。

福吉に住んでしばらくしたとき、あるきっかけで野沢先生がぼくたちのところを訪ねてくださいました。この先生は無教会の人で、筑豊中を（特に結核患者を訪ねて）歩き回って伝道しておられました。ぼくはこの先生にお会いして、「伝道とは何か」「本当に今筑豊に必要なものは何か」という問いを鋭く突きつけられました。それは、歩きに歩き、そのために傷ついた先生の足を見て、ますます強くぼくの心に湧いてきた問いです。

その先生が方城に住んでおられる増田さんをご紹介くださり、そしてこの増田さんを通して高橋三郎先生を知ったのです。高橋三郎先生のテープ（聖書研究）を毎週聞かせていただき、先生の著書も全部福吉にいる間につかれたもののごとく読みました。

ぼくは、高橋先生を通してイエス・キリストの父なる神を知りました。ぼくは同志社の神学部で学んだものですから、聖書はよく読んでいました。でも、高橋先生に会うまで聖書が本当に命の書であることを知りませんでした。聖書を学びながら、自分の心に希望がなく、平安のないことでずいぶん悩んだものですが、神学部の友人も、教会に来ている人もみな、ぼくのような問題を感じながら、それでも信者として自他ともに認められている、そして、いつのまにかぼくも希望や平安のない自分の姿をそのまま認めてしまっていたようです。

そんなとき、本当に神さまにのみ拠り頼んで歩んでおられる高橋先生を知って、自分の誤りを知らされたのです。

野沢先生の足を見て感じた疑問の答えが与えられました。伝道とは、イエス・キリストの血によってぼくたちがもう一度神さまに抱かれた喜びを伝えることであり、筑豊の問題とはつまるところ、神さまから離れてしまった人間の醸し出す業なのだから、その結果をとらえて云々することなく、一番根本の神さまと離れてしまっているところから変わらなければ何にもならない、と。これは結論でした。現在のぼくは、この与えられた信仰から筑豊の問題を見つめ、与えられた持ち場をしっかりと守り抜こうと一生懸命です。

福吉という小さな場所でもいろいろ複雑な問題が起こり、時として「どうしてこうもわかってもらえないのだろう」と寂しくなることもあるのですが、そんなときは、この福吉の地でぼくが受けた恵みのことを思います。希望が与えられ、平安の与えられたぼくが、その感謝を、その懐かしい場所で表しうる幸福を思うのです。

これがぼくと筑豊の関係です。

（一九六六〔昭和四十一〕年八月）

まだ見ぬ我が子に

お前がお母さんのお腹に入った時から、お父さんはお前の顔を見るのを楽しみにしている。お前がお母さんのお腹の中でだんだん大きくなってくるのを、お父さんは毎日喜んでいる。

お父さんはお前の顔もまだ見ていないのに、もういろんなことをお前から教えられた。中学校のころからお父さんは、「死」の問題に悩まされ続けてきた。自分がこの世の中からまったくなくなってしまうことが恐ろしくてしかたがなかった。「死」の問題はお父さんのこれまでの生活の中でいつも最大の問題だった。生まれてきたら、必ず死ななければならない、それなら生まれてこなければよかった、そんなふうに考えたこともあった。

ところが、お前がお母さんのお腹に入って以来、お父さんは一つの新しい面を考えるようになった。それは今まで「死ぬ」という問題で、いったい人間は死んでからどうなるのだろうと考えていた方向が、もう一方で、いったい人間はどこから生まれてきたのだろうと考えるようになったのだ。お母さんのお腹を見ながら、お前は今何を思っているだろうかと考えたものだ。そしてお父さんもまた、お前と同じようにして生まれてきたのだけれど、その時のことはまったく覚えがない。「どこから生まれてきて、どこへ行くのか」、人間はその大切な問題の答えをもっていない。出発点と行く先のわからない汽車なんておかしくって考えられないのだが、人間はそんな不安定さの中で生きているんだ。

ただ一つお前に知ってもらいたいことは、お母さんがお前をお腹に宿してからは、お前のためにずいぶん犠牲を払っているということだ。好きだったコーヒーも、お前の体に悪いと聞いてやめてしまった。歩くのにも、物を運ぶのにも、お前のことを考えて行動している。お母さんだけでなく、お前が生まれてくるというので、家全体がお前を迎える準備をしている。たくさんの人がお前の生まれるのを待っていてくださる。そんな中にいて、お父さんは、人間とは結局、守られて生まれ、守られて生活し、守られて死ぬのだと知らされた。お前が何も知らないときに、お母さんをはじめ、多くの人の守りがお前を支えているのだ。お前は、お母さんが石につまずくだけで死んでしまうに違いない。お前は守られていなければ、生きていられない存在なのだ。

お腹の中のお前のことを思って、お父さんは神さまのことを思った。お父さんが何も知らなかったとき、神さまはずっとお父さんを守っていてくださった。お父さんが生まれ、お父さんが生活するその場その場をずっと守り続けてくださった。

お父さんの唯一の願いは、お前もまたこの神さまの守りに感謝する者になってほしいということだけだ。神さまが守ってくださることを知った人間は本当に幸福だ。

お前が生まれてこようとするお父さんの家は貧乏だ。環境だって良いことはない。お父さんの友人は、「きみが自分の生活を自分の思いどおりにするのはいいけれど、こどもにまでそれを強制するのは良くない」と忠告してくれた。

芥川龍之介の『河童』なら、お前はこんな家に生まれてくるのは嫌だと言うかもしれない。でも、お父さんは思うんだ。お前が生まれてきたら（生まれる前からも）、お前のためにお父さんのできることは何でもしよう、と。

お父さんは、人生の目的は神さまに守られていることを知ることから始まると確信している。お父さんはそのために、環境や経済的な制約の中でできるだけのことを祈りをもってしようとしている。

お前の生まれてこようとしている筑豊社会は今、混乱に混乱を重ねている。人間性喪失、崩壊家庭、と悲しい問題が山積している。

そんな中でお父さんはお前の顔を見るのを楽しみにしている。

（一九六六〈昭和四十一〉年九月）

『教育の森』を読んで

「毎日新聞」が一九六五（昭和四十）年六月末日より毎日連載している『教育の森』がまとめられて、現在までに三冊の本になった。

ぼくはそれを読んで大いに考えさせられた。まだまだこれから本題に入るのだと語られているけれど、すでに今まで語られているところだけでも、相当いろいろな問題が指摘され、提案されている。

現在の教育の混乱は、ぼくなどにもよくわかる。しかしその混乱は複雑であって、何がどうなっているのか、ぼくなどにはよくわからない。その複雑さをこの特集は現実に立って、一つ一つ克明に描いて見せてくれる。

今夏の三瓶での聖書講習会で、高橋三郎先生が出エジプト記の講義をし、「出エジプト記は〝解放〟〝独立〟といった二〇世紀の問題の根底に答えていると思う」と述べ、「真の解放は〝教育〟をもって始まる。〝教育〟を抜きにしてなされる〝解放〟は徹底を欠く」と語られた。そして、「日本の現状はその〝教育〟自体が混乱しているのだ」と顔を曇らせておられた。〝教育〟の問題は実に大問題だ。

これらの本を読んだ感想は、態度が非常にはっきりしていることであった。現状が複雑なだけにこの態度の明瞭さは一種の力である。厳しさである。克明な現実の描写がなされた後、実に簡明な、根本的な、そして厳しい、解決への糸口が提案されているのである。ぼくはそのことに大きな喜びを感じた。複雑かつ混乱しきっているのが教育の現状であったとしても、それがゆえに答えまでが複雑であろう、といつのまにか考えてしまっていた自分を恥ずかしく思った。

この本が示すごとく、「解決は簡単である」。しかしそれは相当の勇気と、相当の忍耐と、相当の犠牲が要求される。といって何も難しいこと、普通の人間ができないことではないのだ。簡単な言葉で言えば、「筋を通す」ことなのだ。教育界の混乱は、筋を通すという普通のことが行われないいために起こってきた問題なのだ。「筋を通す」ことが、相当の勇気と、忍耐と犠牲が要求される、それほど教育界は混乱しているのだ。

たとえばリベートとの問題については（リベートというのは、学校で練習帳やワークブックを生徒に買わせる場合、業者がいくらかの利益を学校側に渡すことをいう）、その巧妙なやり方や合理化された言い分を詳細に報告した後、その解決について、「方法は一つしかない。即刻、全面的に拒否することであるし、同時に、『教室販売』という便宜的ないかがわしいことはやめ、商行為は商人に任せることである。そして学校の中を明るくすっきりすることである。しかもそれは教育委員会や父兄（保護者）の勧告など待たないで、学校と教師が自発的に行うべきことである」。

本当に見事である。そして「教師よ、勇気をもて……」と語られている。複雑だ、複雑だと言いながら、本当の解決の糸口は実に簡単なのである。

ぼくはこの「リベート」の項を読んで、不正が実に見事に自分の中に入り込んでいる事実を知らされて驚いた。

ぼくは簿記の問題集を生徒に買わせたとき、いくらかのリベートがあった。先輩の先生に「これはどうしたらいいですか」と尋ねたら、「この学校は給料が少なくて、そのうえ教材費など出たことがない。だから教材費として取っておけばよい」と言われた。実際ぼくも教えるのに必要な参考書は全部自分で買っていた。だから言われたとおり、そのお金で参考書を買った。何か後味の悪い思いがしたけれど、そのままになって、何も感じなくなってしまっていた。

そんなときにこの本を読んで、まったく反省させられた。そして恐ろしく思った。不正が何の感情をも起こさずにまかり通っているところでは、「筋を通す」ことは大変なことになるのだ。このあいだ、「月刊福吉」で「福吉の不正」と題して保護の問題を取り上げたが、ぼくの中にも不正はこんな形でその場所を占領していた。本当に恐ろしいことである。

ぼくはこの本を多くの人々に読んでいただきたい。

（一九六六〔昭和四十一〕年九月）

わが子に

九月十九日午前0時五十分、田川の産院で「義一」は生まれた。その前の日の朝早く、ぼくは素子に付き添って、この産院に来ていた。夜中じゅう、妻と苦しみを共にした。勲ちゃんが「先生、ようずっとついていたなあ」とほめてくれたが、まったく自分でもよく共にできたと思った。苦しんでいる妻のことを思いながら、こどもを産むということは、女の人にとってまったく大変な仕事だと思った。文字どおり精も根も尽き果たして産むのである。

「おぎゃあ」という声が産室から聞こえてきた時はホッとした。助産師さんが「男の子ですよ」と語っておられるのが聞こえてきた。ぼくは心から神さまに祈った。

三十分ほどして産衣に包まれた義一が助産師さんに連れられて来た。白い顔をして、大きな目を、見えるかのように見張っていた。口はおちょぼ口にして、喉の奥のほうをクスクス言わせていた。かわいいとか、だれに似ているとかいう気持ちよりも前に、ぼくは義一の顔を見て、目頭が熱くなった。それは、もちろんよく生まれ出てきた、これがぼくのこどもなんだという気持ちのためもあったが、それよりも、彼の育っていく世界と彼自身の将来のことが一瞬のうちに思われたからだ。

助産師さんは笑いながら、「おめでとう」と言ってくださった。病院にいるときも、退院してからも、地区の人々や、教会の人々や、親戚の人がたくさんお祝いに来てくださって、「おめでとう」「おめでとう」と語ってくださるなかで、ぼくは「おめでとう」という言葉の意味を噛みしめようと努力した。

義一の顔を見ていると、彼の歩む道のことを思わずにはいられない。彼の育とうとしている世界は決して平和なものであり得ないだろう。それは、現実を少し注意して見ればよくわかる。彼が大人になるまでに、日本の国はまた大きな戦いに巻き込まれているのではなかろうか。彼が大きくなるころ、神を知らない世界は極端に乱れきっているのではなかろうか。

そんな中で、もし義一が神さまに愛されて生きるなら、どれほどの苦労を味わうことだろう。それは、ぼくがこれまで経てきた苦労、これから受けるだろう苦労とは比べものにならないほどのものだろうと思う。

長男の義一の誕生

今は大きな目を開けて、何を考えているのかわからないこの義一が歩む道のことが思えてならない。そして彼が、そんな神を知らない世界で苦労なしにうまく生きるとしたら、それはぼくの悲しみだ。それは神さまからまったく離れた道なんだから。

「義一」という名は、そんな状況を思ってつけた。混乱しきった時代を、神さまに守られて、義一筋に生きてくれるようにという祈りである。そして、もしその名前のとおり生きるなら、彼は苦しみ抜かねばならぬだろう。義一よ、ぼくはお前にその苦しみを祝福として与える。

ぼくが義一の顔を見て最初に思ったのは、以上のようなことであった。こう考えれば、「おめでとう」ではすまされない厳粛なものを感じる。しかし一方では、それが厳粛だからこそ、「おめでとう」と祝われているのだとも思う。

神さまはこの子を通して何をなさろうとしているのだろうか。そう思うと、義一の父親になったということに大きな怖れを感じる。

ぼくは義一の顔を見ていると、悲しくなるほうが多い。でも、それは誤りだろう。彼の歩む道がよし苦しみに満ちたものであったとしても、彼が神さまに守られて歩むならば、それはこの世の何にもまして、喜びの道だろう。

義一よ、お前の顔を見て悲しむことはもうすまい。
お前がときどきほほえむように
ぼくも、神さまを仰いでほほえもう。
神さまがなさることは、ちっぽけなぼくにはわからない。
お前のように、つぶやかず
ぼくも神さまのご計画に従おう。

（一九六六〔昭和四十一〕年十月）

「テレビ」という「王様」

ぼくが福吉に初めて来たころ
福吉にはこの王様が五人くらいしかいなかった。
山間にある福吉では
この王様の見張り所は
丘の上に建てなければならない。
こどもたちと山に登ると、彼らは
これは○○さん方の見張り所や、と
まぶしそうにそれを指さしていた。

わずか二年の間に
この王様はどんどん福吉に迎えられた。
ときどき
この王様が福吉に入って来たことに
悲しみを覚える。

こどもと山に登っても
もうだれも
○○さん方の見張り所やと言わない。
いちいち名前を覚えられないほど
見張り所が増えたのだ。

この王様は福吉に入って来るなり
文字どおり福吉を治め始めた。
この王様は不思議な能力をもっているので
福吉の人々の心を
完全に自分のものにしてしまった。

野球やプロレスの好きな
おじさんや青年には
この王様が野球やプロレスの話を
おもしろおかしく聞かせた。
暇で時間をもてあましている

おばさんたちには
甘いムードの恋物語を
毎日、毎日、少しずつ
区切って話して聞かせた。

マンガの好きなこどもたちには
いくつものマンガを
すらすらと語って聞かせた。

音楽の好きな人々には
世界中の音楽を聞かせた。

この王様の能力はまさに無限で
福吉の人々はこの王様が
たいへん気に入った。

初め人々は、この王様を利用して

大いに生活を楽しもうと考えた。
ところがしばらくして
この王様は
決して利用できるようなしろものでない
と気がついた。

王様は人々を絶対に
自分の前に座らせる。
立って王様の前に出ることはできない。
そのかわり座ってさえおれば
どんなかっこうをしていても
王様も何も言わない。

王様の威力はすごい。
福吉の人々は
完全にとりこになってしまった。
地区放送のスピーカーが

「夜七時から集まりがある」と言っても
人々は王様の前に座っている。

こどもたちもこの王様の前にいるほうが
勉強よりオモシロイと知った。

福吉に水道ができたとき
今までに水汲みに取られていた時間を
有効に使えると
人々は楽しみにしていた。
ところが、その時間をみな
喜んで王様にささげてしまった。

自分の家にこの王様を迎えようと
人々はやっきになっている。
この王様にいてもらえば
世界はずいぶん楽しくなるだろうと

人々は思う。

裸電球と、破れた畳と
破れた障子の家でも
王様さえいてくれれば良いと言う。

この王様はますます増えるだろう。
この王様の名前はテレビ
それは「楽しみ」の王様だ。

しかしテレビを王様として迎えた人は
そのためにどれだけの損をしているか
そのことを考えなければならない。
王様の前に座っている間に
世界の、人間の、大切な部分が
どんどん失われていることを。

（一九六六〔昭和四十一〕年十月）

金田町よ

十月二十日、金田町町制施行五〇周年記念式典が金田小学校でもたれた。いわゆる町の功労者数十名の末席にぼくたちも連なった。

さすがに、産炭地であり、生活保護率も全国でベストテンにランクされ、失業者を多数抱え、問題の山積している金田町の現状を反映して、言葉だけではあっても、明日の金田町への第一歩を踏み出すべく指摘されたことは幸いであった。

衆・参院の地元代議士の発言は、過去五十年の歴史を教訓として、石炭とともに歩んできた歴史を一応葬って、新しい町づくりがなされなければならない、と語られていた。

ぼくは式に参列して多くの感想をもった。その一つは、過去の歴史をどのように教訓とするか、という問題である。「金田町報」によれば、早ければ今年中にも『金田町史』が出版されるらしいが、その歴史をどのように受け取るかは、現代のぼくたちの問題である。その歴史を本当に学べば、明日の金田町の町作りが何を基礎にして行われなければならないかもわかってくるのではないか。

この課題との関連でどうしても触れなければならない問題がある。それは自衛隊の問題だ。

小学校の講堂で「明日の金田町」のことが熱っぽく語られているとき、ブラスバンドの賑やかな行進が小学校の運動場へ入って来た。自衛隊だ。ぼくは金田町の為政者たちの描く「明日の金田町」がよく理解できた。そしてそれはなんと恐ろしい「明日」であろうか。

自衛隊が筑豊を侵しつつあるのを嘆くのは、ぼくひとりではあるまい。金田赤池ライオンズクラブの一周年記念式の時も、自衛隊のブラスバンドが整然と行進した。そして、今はまた、こともあろうに新しい金田町が始まるという一日目が、自衛隊の協力のもとでその一歩を踏み出したのである。

式が終わって、小学校の校門を出ようとすると、大きな立看板があって、小学校の運動場で行うはずであった自衛隊の武器の展示は、都合により××で行う、としてあった。ちょうど新聞が同じような事件を取り上げていた時期であった。

最も大切な教育の場へ、自衛隊員が流れ込んだり、武器の展示が行われようとしたりするのはなんとしたことか。

飯塚にいる自衛隊へは〝一日入隊〟とか〝短期入隊〟と称して、多くの会社の社員が〝精神修養〟に行くと聞く。高校生までも入隊させようとして問題になったくらいだ。新聞には、勤労奉仕をする自衛隊や、救援活動をする自衛隊を大きく報じ、それに呼応して民間でも自衛隊への協力体制が着々と敷かれつつある。金田町にも自衛隊と協力する郷土会なるものが結成されて、ぼくのところにまでその案内状が舞い込んでいた。

はっきり考えておかなければならないのは、ブラスバンドで行進したり、救援活動や勤労奉仕をしたりすることが自衛隊の本質ではない、というそのことである。自衛隊とは、形式的にはどうであれ、その本質は軍隊と同じである。武力によって問題を解決していくというのがその本質である。

現代の平和憲法の下では、自衛隊もその本質をあからさまにすることを控えているだけなのだ。そして一日一日この平和憲法が侵されているではないか。

こどもたちはブラスバンドに拍手を送り、武器に驚嘆の声をあげる。自衛隊員には「カッコイイ」と言う。このこどもたちに平和をどのように伝えればいいのだ。そのことこそが新しい金田町を築く何よりの基礎なのに、だれがそれを語ってくれるのだ。

古今東西、軍事力によってなされた町づくり、国づくりが成功した試しはない。金田町で、愚かにもそのことをもう一度繰り返そうというのか。

（一九六六〔昭和四十一〕年十一月）

馴れ合いの共同体

毎日新聞が十二月一日より「筑豊を考える」という連載をしている。その八回目として十二月九日号に「生活保護に甘えるな、ヤマを愛する二人は訴える、周囲も無気力を助長」という見出しで、ぼくと吉川さん（共同石炭島廻鉱の所長さんとあるが、ぼくは面識がない）の生活保護（者）に対する意見が紹介された。ぼくの意見はこの「月刊福吉」でもたびたび触れてきたものであり、事実あの記事も半分以上は「月刊福吉」をまとめたものである。下手なまとめ方なので真意が誤解されるところも何か所かあったとしても、本筋は決して曲げられているわけではない。特に今までの記事が「Iさんの弁」とか「Kさん曰く」とか匿名であったのが、ぼくのはちゃんと「犬養光博」と入っていたので喜んでいた。

ところが、幾人かの人から心外なことを聞いた。「自労（全日本自治団体労働組合）の人々が怒っている」というのだ。また、「福吉の何人かの人々が腹を立てている」というのだ。

ぼくの記事は自労の情宣の席上で読まれ、地区の中で次から次へと回され、そして福吉の人々に「あんたらは良い先生が来たと言うけれど、あれは何も良いことをしていないではないか。あれは、暴《あば》き立てに来たのか」と問われたという。

地区でも新聞を読んで、ぼくの悪口がだいぶ語られたらしい。「らしい」というのは、残念ながら自労の人々も地区の人々も直接にあの記事のことに触れて、話し合うようにもちかけてくださる人はだれもいなかったからだ。ただ何人かの人々がぼくのことを心配して、こんなことが語られている、と伝えてくださったにすぎない。
二、三日とても寂しい思いがした。道で親しく「おはよう」と声をかけ合っていても、何か白々しいものが残った。どうして本気で考えてくださらないのだろう。
こんなことが起こると、今までの交わりがいかに不安定なものを媒介にしてのものにすぎなかったかがよくわかる。「福吉が良くなるために」なんて口で言っても、自分の不利益になり、自分の身に傷がつき始めると口をつぐんでしまう。そして今まで良い先生（?）だった者がすぐ悪い先生になってしまう。福吉のこどものために英語を教え、数学を教え、保育所を開き、バザーをし、いっしょに買い物に行くかぎり、良い先生だけれど、「保護の不正受給をやめましょう」とか「自労の人々はあれで本当に働いているつもりなのか」と語りだすと、悪い先生になり、交わりがプッツリ切れてしまう。寂しいことこの上ない。

今度のことを通して印象づけられたことは、「馴れ合いの共同体」という言葉だ。福吉の人々はみな馴れ合ってしまっているのではないか。「お前の不正について俺はとやかく言わないから、お前も俺の不正についてとやかく言うな」という、見えない鎖が福吉を縛っているのではないか。ただし、他人の不正が自分の不正より大きく、また利益を伴ってなされると、人はねたんで陰口をきく、そんな陰口がいかに福吉に充満していることか。そして陰口を言われている人もそれを知っていて、案外平気だ。なぜなら、それは福吉の中だけの陰口であり、外に漏れる心配はまずないからだ。だから、ぼくが「福吉の不正」と題して「月刊福吉」に書いたときも、少しは問題になっても、うやむやのまま終わってしまった。ところが「毎日新聞」が同じことを書くと、あんなことが載れば、「福祉が福吉を調べざるを得なくなる」と嘆く。

もう一つ、自労の人々は「賃金に応じて働いている」と思っているのに、ぼくが「働いていない」と言ったことに腹を立てておいでのようだが、すぐる道路愛護デーにぼくといっしょに働いていた幾人かの自労のおばさんがたが「こりゃあ自労の仕事よりキツイ」と語られたあの言葉こそ真実ではないのか。そしてぼくたちのその日の仕事は、わずかに二時間の草取りと砂運びだったのだ。

（一九六六〔昭和四十一〕年十二月）

「婦人生活」の反響

一九六六年十月号の「婦人生活」にぼくたちの写真が載った。八月にカメラマンと記事を書く人と二人で来て、いろいろ注文をつけられた。初めは従っていたが、だんだん不愉快になってきた。帰られた後で、今後は注文には絶対に応じない（もっとも、まじめで必要なものであれば別だが）と心に決めた。

十月号を本屋で買って、見てみた。ずいぶん明るく、まったく愉快に撮れている。カメラは恐ろしいとつくづく思う。

〝筑豊の子供を守る会〟のメンバー、関学の田中君が「『婦人生活』見ました。マスコミには気をつけられるように」と言ってきた。彼が何を考えているのか、これだけではわからないけれど、本当に気をつけようと思う。

さて、こんなぼくの気持ちとは裏腹に、「『婦人生活』を見ました」という手紙が何通か届いた。以前からぼくたちのことを覚えていてくださる方々や親類からのものは、「見た。しっかり頑張るように」と書かれてあったが、初めての人からも七通の封書をもらった。

記事の間違いで、あの写真の説明には、ぼくの住んでいる所が「福岡県田川市金田町福吉」（本当は田川郡）となっていた。だから七通の封書は全部、「田川市……」となっている。

「また『田川市』が来てたよ。」

学校から帰ると、妻がそう言う日が続いた。

初めのうち「田川市」とは、ぼくらにとって『婦人生活』を見た人からのお便り」という意味しかなかったのだが、二、三回目から違った意味が加わった。そしてそのことが「田川市」の手紙をぼくにとって不愉快なものにした。

七通のうち四通が、要するに「中卒のこどもをこちらに世話してほしい」という求人の封書だったからである。内容はほとんど同じで、

(1)「婦人生活」を見て感動したこと。

(2)筑豊で、さぞ大変だろうと同情。

(3)自分も苦しい時期があったので、筑豊の人々の気持ちがわかるように思うこと。

(4)ついては自分のところで、いま人が必要なので世話してほしいこと。

(5)最後に頑張ってほしいと激励。

ぼくはこういった手紙が善意で書かれていることを知っている。むしろ善意で書かれているために、それだけ腹が立つのだ。

あなたがたの善意とは何なのか。

大阪の知人たちからも、しばしば筑豊のこどもたちのだれかを世話願えないかと頼まれる。どうして筑豊のこどもにそんなに色目を使われるんですか。かわいそうだから？　ちょっとでも良いことをしようと思って？　うそおっしゃい。あなたの商売が、あなたの会社が人手不足だからでしょう。

本当に筑豊の人のためというなら、どうして、あっちからもこっちからもひっぱりだこの中卒に色目を使うのです。中年の人で働きたい人がたくさんいます。病気で、普通の労働ができない人がたくさんいます。あなたの善意をこの人たちに分けていただけませんか。

失礼、つい皮肉な調子になって。

今、筑豊でも中卒はひっぱりだこである。不景気になれば、一番先にその犠牲になるのが彼らだと知っているぼくには、雇い主がおべっかを使って、なんとかして雇おうとしている姿が恐ろしい。

このあいだ、元〝筑豊の子供を守る会〟のメンバーだった某君が、某会社の求人に筑豊を訪れた。「これがキャラバンの時の写真です」と見せた彼の顔を見て、ぼくは悲しかった。彼が口で何と言おうと、会社の利益のために求人に来たのだ。そして自分の過去のキャラバン活動を利用しようとしているのだ。「筑豊のこどもたちのことを思って」なんて冗談にも言ってほしくない。

ぼくの福吉での活動は小さくて、特にこのごろは腹ばかり立てて、これでは、と思うのだが、それでも、自分の利益や、会社の利益のために、筑豊のこどもたちを利用しようとは決して思わない。いわんや、利用していながら「筑豊のこどものため」なんてしゃあしゃあと言える人間にはなりたくない。

もっとも、振り返ってみて、こういう手紙を受け取り、こういう訪問客を迎えなければならないのは、ぼくの生活の中にこういう要素があるからだろう。それが真に恐ろしい。
最後に、七通のうちの他の三通は、社会福祉を専攻しておられる学生さんと、「ヒメダイダイ」の種子を送ってくださった神奈川の人と、尼崎の保育園の先生とであった。

（一九六六〔昭和四十一〕年十二月）

保育所開設にあたって

これまで毎週一回開かれていた保育所を、もう少し形をととのえたものにしたいと思い、週三回（月・水・金）を保育日と定めました。場所は公民館で、三才から六才まで（左記の名簿参照）の子供たちを九時から十一時までおあずかりしています。すこしづつ保育時間をのばし、四月末日より週一回、お弁当持ちの日を作る予定です。この計画がより実のあるものとなるため、今後お母様方とじっくり語り合って行きたいと思いますのでよろしくお願いいたします。

あかみね むつお	昭和三三年四月二九日生
ときわ つねき	昭和三四年五月十日生
はらだ みどり	昭和三四年十二月十一日生
きむら こういち	昭和三五年六月二九日生
たなか あつこ	昭和三五年六月四日生
なかむら ふじまつ	昭和三六年一月二六日生
あらき まさひろ	昭和三六年八月十日生
いのうえ きみかず	昭和三六年七月二三日生
うめざき とよこ	昭和三六年九月二日生
はやしだ けんじ	昭和三六年十月十日生
さいとう のぶよし	昭和三七年一月
たなか さゆり	昭和三七年十月二四日生
はら かずひさ	昭和三七年十二月三十日生

（お願い）ままごと遊びをするのに、不用の食器類、おゆずり下さい。（犬養まで）

聖書研究

バプテスマのヨハネ

マルコ伝 1

犬養光博

マルコによる福音書の一番始めの所にはバプテスマのヨハネの話しが出て来ます。聖書に出て来る人物は皆、なんらかの形でイエスキリストとの関係をもっています。ザアカイという取税人は自分の家へイエスが来られるといううれしい関係を持っていました。イスカリオテのユダという人はイエスの弟子でありながらイエスを裏切るという悲しい関係を持っていました。

結局、聖書を学ぶということはこのイエス・キリストと自分がどんな関係にあるかを問われることです。

バプテスマのヨハネはイエス・キリストが公の活動を始める直前に現われてイエス・キリストが来られることを人々に知らせ、人々の心をしてイエスキリストをむかえるにふさわしいものにする使命を持っていました。これがバプテスマのヨハネとイエス・キリストとの関係です。彼の役目はただ彼からおいでになるイエス・キリストをさししめすことだけでした。このヨハネの生き方は僕たちに大事なことを教えています。それは自分の力で一から十までしなければならないと考えることのおろかさです。ヨハネは自分の生きる意味をただイエス・キリストをさししめすことだけに見いだしました。だから彼にとっては自分の方に集っていた弟子たちがイエスの出現によってイエスの方に移っていったことはよろこびでした。言葉でいえばこれは簡単に見えますが、自然のまゝの人間にはこのことは出来ません。何んとかして人の関心をかおうとやっきになっているのが僕たちです。しかしヨハネにはそんな思いが全然ありません。それは自分の生きる意味をただイエス・キリストをさししめすということだけ見い出していたからです。人の目を気にし人の関心を買おうとしている限り本当の平安はありません。又本当の強さもありません。

「月刊福吉」第１号２ページ（1965年４月15日）

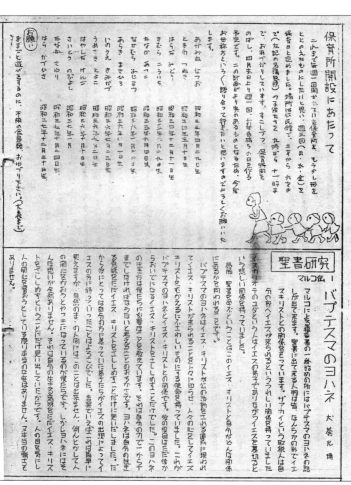

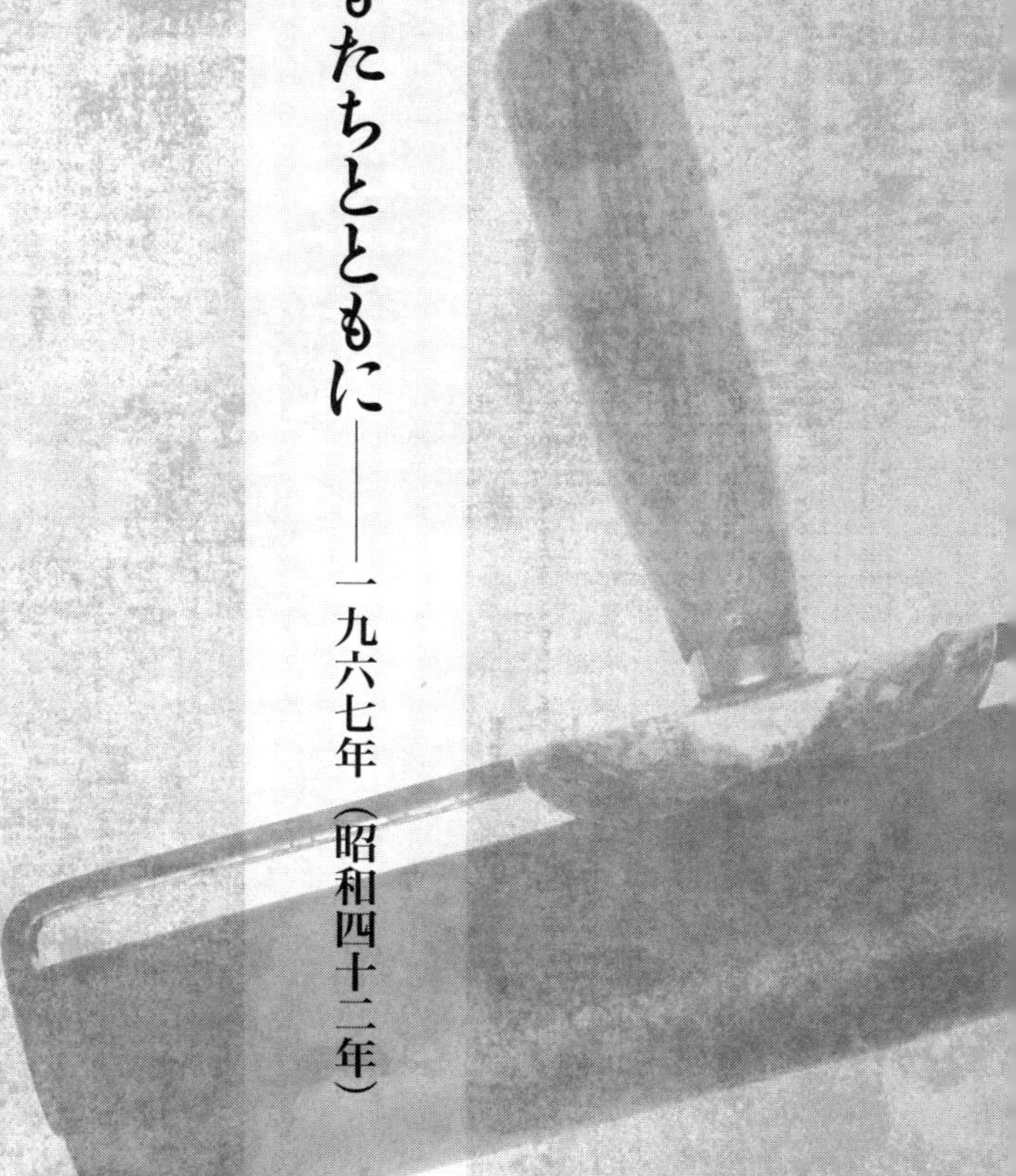

こどもたちとともに——一九六七年（昭和四十二年）

総選挙

新しい年を迎えてまず思うことは、今年もまた神さまのご計画がすみやかに行われますように、という祈りだ。そして、このぼくが、ぼくの家庭が、聖書研究のグループの一人一人が、神さまのご計画の担い手になるなんて大それたことを考えるのでなく、邪魔だけはしたくないという思いだ。

新しい年は総選挙とともに迎えられた観がある。このあいだ、ある新聞記者が「炭住では今度の総選挙に対してどんな意識があるか」と尋ねておられた。ぼくは一軒一軒聞いて回ったのでないから、責任のある答えはできないけれど、一部の人々を除いて、まず「無関心」といってよかろうと話した。

ぼくは福吉で衆議院議員の選挙を二回迎えることになる。前回は確か一九六三（昭和三十八）年で、ぼくが公民館にいるころだった。あの時は地区でも特定の候補者を応援する人がいて、地区全体も選挙気分があった。ところが今度は確かに静かだ。

地区で選挙熱が最も煽り立てられるのは、町会議員の選挙だ。前回の時も一人の候補者の選挙事務所は福吉に置かれたし、選挙当日は、投票場と福吉の間をタクシーがひっきりなしに往復していた。

町会議員の選挙には大きな反応があるのに、衆議院の選挙が静かなのはどうしてだろう。何がゆえに「無関心」なのだろう。

ぼくはこう思う。選挙が利益と結びついているからだろう、と。「利益」というのは、「一票五〇〇円が相場」と言われる場合の「利益」ではない。そうではなくて、「我々の利益を拡大し、代表してくれる△△候補」と言われる場合の「利益」である。

福吉からも町会議員が一人出れば、福吉はもっと良くなるのだが、とよく言われる。だから、福吉の利益、ひいては自分の利益のために投票が行われるのだ。町会議員の選挙の場合は、この利益が非常にはっきりしている。福吉からの議員が通れば、福吉に住む自分も豊かになるだろうし、自分のいる組織からの議員が通れば、その組織の利益が大になるのだ。

このように考えると、今度の衆議院議員選挙が静かなのは、自分の利益と連ならないからだろう。一九六三（昭和三十八）年の選挙の時は、「産炭地振興のために」というスローガンがまだ威力を示しており、それに自分の利益を見いだしていたので、熱があったのではないか。

このことは、自民党であれ、共産党であれ、現在の政党が、そしてそれに属する政治家が、もはや閉山炭住の（少なくとも福吉の）利益代表ではないということの消極的な表現でもあるだろう。

今度の総選挙には一連の「黒い霧」事件に対する国民の裁きが秘められいる、と新聞は書きたてる。しかし、「黒い霧」事件の根底に横たわっているのは、個人の、あるいは団体の飽くことを知らない「利益」追求の心ではないのか。その心はまた選挙によって己が利益を拡大しようとする我々一人一人の心そのものではないのか。もしそうなら、選挙によって「黒い霧」

を裁けると考えたり、「わが党だけは黒い霧に関係がない。まったくきれいだ」と大言しているある党の厚顔も甚だしい。

ぼくは、あたかも自分が当選すれば「黒い霧」が一遍になくなり、何もかも理想どおりにいくといった演説をしている人は信用しない。党の意見はいつも自分の意見だとしている人も信用しない。そんな政治家は見つからなくても、本当に日本のことを思い、誠実に正しく生活している政治家を推す。

だれを、どのような理由で推すのかという問いは、「お前は政治をどのように考えているのか、お前は正しく生きているのか、お前は結局この世界がどうなればよいと考えているのか」という問いと同じである。

（一九六七〔昭和四十二〕年一月）

卒業する人々のこと

今年は一六人の人々が中学校を卒業する。高校の入学試験を受ける人が二人いるというから、一四人の人々は就職することになる。それもほとんどが県外へ出て行く。

学習会に最後まで連なっていた森田の克己ちゃんと藤元の桃ちゃんには、会うたびに「もう一か月とちょっとしか福吉にいられないのだから、福吉の生活をよう味わおうときや」と言う。一四人の小さな心が、不安と好奇心で膨らんでいることだろう。大工の見習いをする者、木工所へ行く者、鉄工所へ行く者、大きなクリーニング屋へ行く者。毎年のことだけれど、新しい生活が幸福なものであるよう祈ってやまない。

　今年卒業する一六人の人々とは、腹を割っていろんなことを話し合うような交わりを持てなかったことが残念でならない。学校の勉強のことにしても、就職や進学のことにしても、もっと親しく語り合うべきだった。

　学習会一つにしても、ぼくは今年卒業する人々には苦い苦い経験をした。ぼくが結婚して福吉に来たとき、彼らは中学二年だった。学習会を始めたとき一六人のほとんどが出席した。あの狭い部屋がいっぱいで、何か学校のクラスで授業しているようだった。でも一学期が終わるころには半分に減り、一年間が終わって三年になるころには四人になってしまった。夏休みに、中学一年生の問題集を使って、英語の復習をほとんど毎朝やったときも、最後まで残ったのは森田克己君一人だった。三年生になってからは、克己君と、藤元の桃ちゃん、田中の久男君と、矢頭の恵子ちゃんだけで、あとは一度も来なくなってしまった。三年生も二学期になると、克己君と桃ちゃんだけになってしまった。この二人は最後まで残ってくれた。

　この機会に学習会のことについて語らせていただくとすれば、ぼくは学習会という場を通してお互いによりよく交われればと思う。そのことが第一だ。普通の塾なら、英語や数学の学力をつけることが第一だろうが、ぼくの学習会はお互いに交わることが第一だ。

　学生の時と違って、ぼくのほうがこどもたちの生活に合わせて交わりの場を作ることはなかなかできない。だから学習会という場は、ぼくにとって大切な交わりの場所だ。

週に二時間だけれど、顔を合わせ、机で向かい合っていると、いろんなことがわかる。いろんなことがわかれば、祈りの内容も具体的になる。ぼくはこのことが一番大切だと思う。

再び卒業生の問題に返って。

進学や就職についてもどんな考えをもって決心したのだろう。ぼくは言いたいことがいっぱいある。交わりの基礎ができていれば、これらのことについてゆっくり話し合いたかった。育成会の役員会の席上では、何回か卒業生と話し合う会をもとうと提案したが、実現していない。でも、交わりの基礎のないところでは常識的な、おきまりの話し合いしかできないだろうし、そんなところで話し合われることでは、彼らのこれからの生活の方向を変えるなんてことは期待できないだろう。

結局、何もできずに一四人のこどもたちと別れることになる。心残りだし、悔やまれてならないが、ゆるしてほしい。このことを肝に銘じて、よりいっそう交わりができるよう努力し、就職や進学の問題を心から話し合えるようになりたい。

正直言って、ぼくは今年の卒業生が社会へ出て行くのが恐ろしくてたまらない。苦しいことや忍耐のいることからは逃げ回り、協力することを知らず、楽なほうへ楽なほうへとなびいていた彼らが、もしそのままで社会へ出て行くとすれば、どんなことになるだろうと思うからだ。本当の意味で社会の重荷を担う人間になるため、まず今の自分から脱皮してほしい。

（一九六七〔昭和四十二〕年二月）

失業中のこと

このあいだ、「朝日新聞」の記者が来て、「サンデー茶の間」の〝わが家の対話〟のための取材をされた。

いろいろ話して最後に記者氏は、「今の家庭の最大の問題は早く職業を見つけることだ、というのを結びにするような記事にさせていただきますよ。いいですね」と念を押された。そして「ぼくの家庭なら職がないというだけで、女房と離婚しなければならない」と、冗談とも思えない口調で言われた。この結論に至るまでに記者氏は何回もその結論にもってゆこうとされたのだが、ぼくたちが福吉地区のこと、保育所のこと、学習会のこと、こどもたちのこと、保護のこと、自労のことばかりを話題にするので、「それでは普通の夫婦の会話にならない」とこぼされるのだ。どんな記事になるのか楽しみにしているのだが、このことに関連して二、三のことを考えさせられた。

一つは、ぼくの家庭が無理にではなくて自然に、自分の家庭のことばかりを考えるのでなく、その会話の八〇%でも一〇〇%でも、神さまのこと、地区のことについての会話で占められるような家庭でありたいという願いである。

確かに普通の家庭であればぼ、失業して二か月余りにもなるのだから、そのことだけが家庭の会話の中心になってしかるべきかもしれない。でも、記者氏には申し訳のないことだが、ぼくの家庭で失業のことについて語るのはほんの少しなのである。

そのことに関して、ぼくの家庭の経済がどんな具合になっているかを書いておこうと思う。なぜならある人は、「犬養先生のところは別に働かなくても、どこからか決まってお金が来ているのだから」と考えておられるようだし、正月の「毎日新聞」が何を勘違いしたのか、養鶏場が大変な収益をあげていると報道したので、失業してもたいしたことはないのだろうと想像している人もあるようだから。ある人は露骨に「失業しているといいながら、自動車を乗り回している。犬養さんの家庭から『黒い霧』が立ち込めているのではないか」と勘ぐられる。

からくりはこうだ。

ぼくの家には三つの帳簿がある。一つは養鶏場のもので、ぼくの自由になるお金ではない。ただ自動車のガソリン代の半分（月約二〇〇〇円）だけは卵その他の運搬費としてもらっている。いま一つの帳簿は、ぼくの活動のために応援してくださる人々から送られてくるお金を扱うもので、大きく二つの区別がある。一つは福吉伝道所の活動の収支、他は伝道所以外のぼくの活動の収支である。ぼくは募金を絶対しないと誓って福吉に来た。その誓いは今も守っている。しかし振り返ってみて、ぼくの活動は多くの人々の支援によって支えられてきた。いちいち名前をあげることはできないが、西片町教会の青年会からはもう二年近く毎月三〇〇〇円を送ってもらっているし、南大阪教会の小松貴一郎おじさんからは月五〇〇円定期的に送っていただく。これらのお金は伝道所としてのいろいろな行事のために使う。その他の献金、支援金は送ってくださった人の主旨を活かして、「保育所に」「地区のこどものために」と書かれているものはそれぞれ保育所会計、育成会会計に渡す。「地区での活動のために」とか「先生のお働きのために」と書かれているものは、学習会の費用、運動会、クリスマスの補助、〝ふるさと会〟、その他地区の活動のために使う。自動車の月賦はこのお金の中から支払う。この帳簿の収入はもちろん月で一定しているわけではないが、先生、先輩、親戚、友人をはじめ全然顔を知らない人からのものもある。この帳簿のお金は、だからぼくの活動のためにのみ使うものであって、ぼくの家の生活費には一円も使っていない。

養鶏所の前で、生まれたてを卵を持って

もう一つの帳簿は素子の持っているもので、家計簿だ。この帳簿の収支がどうなっているのかぼくは知らない。ただ失業する前までは毎月、西日本計理専門学校より一万八〇〇〇円の給料、塾の収入七〇〇〇円、計二万五〇〇〇円だったのが、塾の七〇〇〇円の収入だけになってしまったということだ。月七〇〇〇円で生活できるはずがない。ぼくらにはもちろん貯金なんて一銭もない。いよいよ行き詰まれば日雇いに出ようと決心していた。

でも、神さまは本当に多くの人々を通して具体的にぼくの家庭を支えてくださった。「生活費の一部」とか「映画を見て、お茶を飲む費用の一部に」とか「おいしいものを食べてください」とか書いて送金してくださったものは、喜んで生活費の中へ入れさせていただいた。「義一君の誕生祝」として送られてきたお金も、義一に断って（？）生活費とした。こうして二か月余り、何の不自由もなく本を読み、義一のおもりをする生活を続けてきた。


（一九六七〔昭和四十二〕年二月）

町会議員選挙に思う

町会議員の選挙が近づいてきた。まだ告示もされていないが、選挙運動はたけなわの観。仕事場でも、家でも、いろんなうわさを聞く。

まだ正式な立候補者はわからないわけだが、予想される立候補者の顔ぶれを見ても、また投票する側の人々のことを考えてみても、うんざりする。自分の利益のことを考えないで立候補する人が一人でもあるのか。自分の、あるいは自分たちの利益を考えないで投票する人が、一人でもあるのか。

利益と結びつかない政治なんて考えられない現実の中では、正義のために政治の場で活躍する人は皆無である。「我々の利益代表を町会に送ろう」という合言葉は、なんら疑問視されることなく、大手を振って通用している。ところが、「我々の利益代表」が明け透けに利益のために行動し始めると、公私を混同しているとか、私腹を肥やしているとか取り沙汰される。

議員がその立場を利用して私腹を肥やすなんてことはもってのほかだけれど、ある議員が自分の利益のために議席を利用するのと、一般町民が「我々の利益のため」に議席を利用するのと、いったい根本的な差異があるのか。

「個人と、我々という複数とは違う」といわれるだろう。しかし、数の問題はそんなに根本的だろうか。もっと言えば、「我々」とは個人の延長で、要するに我々の利益とは我という個人の利益を含むのである。

ぼくの言いたいのは、すべてが利益によって動いているという現実である。「当選のあかつきには、必ず皆さまのお役に立つつもりです」とは立候補者の必ず使う言葉だけれど、「ウソコケ、いったいあいつに今まで何をしてもろた」と立腹するだけなら、その人もまた選挙と自分の利益とを結びつけているのだ。

政治と利益とが結びつくのは当然であって、政治とはそういうものなんだ、それをいけないとするほうがおかしいという考え方がある。もしそうなら、今の政治が堕落しているとか、議員にはろくなヤツがいないなんて言わないことだ。堕落しているのが政治の本来の姿なんだし、ろくでもないヤツほど立派な政治家なんだから。そして、およそ、真実とか、正義とか、誠実とか、愛とか、明日の筑豊とか、幸福とか、真の教育とかについては云々《うんぬん》しないことだ。それらは利益と結びついては決して出てこないことなんだから。

問題は、利益と結びついているかぎり、金田町の平和な明日を期待することはできない、ということだ。

ぼくは今建材店で働いている。毎日毎日セメントを車で運んで行く。行く先の多くが鉱害復旧の工事現場や家屋の修理場だ。どこからどのようにしてお金が動いているのか知らないが、広大な工事だ。ここ四、五年は、鉱害復旧に関連する事業は絶えないと聞く。大きなお金が動くのだから、それを管理するのは大変な仕事だろう。隣町の糸田では公金不明事件が起きている。「朝日新聞」だったと思うが、糸田の事件を解説して、「筑豊の市町村のほとんどの自治体では、自分のところで集めたお金の何倍ものお金が使われている。そのお金は、生活保護費や鉱害復旧費として国やその他のところから受けたもので、そんなところからお金の使用が非常にルーズになり、責任感が失われているのではないか」と書いていたが、一部の生活保護を受けている人においては、自分で働いて得たのでないお金のために価値判断が麻痺している。それと同じことが自治体で起ころうとしているのだ。これを本当の意味で食い止め得るのは、自分の利益でなく、神の正義のために働く人が生まれること以外にない。

最後に、福吉の票は浮動票で一票〇〇円で買えるといううわさや、選挙当日はひっきりなしに黒いタクシーが上り下りするという現実は、今度こそなんとしても福吉より追い出してしまいたい。

（一九六七〔昭和四十二〕年三月）

大阪でのこと

三月二十八日より四月四日まで大阪へ行った。おじいちゃん、おばあちゃんに大きくなった義一を見ていただくのが第一の目的だったが、まったくきつい毎日だった。

忙しい中で小柳伸顕さんに会った。四月一日のことで、今日から関西労伝（関西労働者伝道委員会）で働くのだと語っておられた。自動車や人混みを気にしながら、しゃべりながら歩いた。公園のテニスコートの観覧席に座って、ずいぶん話した。

問題は多く関西労伝内部のことであったけれども、聞きながらぼくは筑豊のことを考えていた。社会事業や社会運動をする人々が多く先鋭化して、排他的な傾向を生ずるのはどうしてだろう。ぼくは筑豊の伝道について一つの行き方を少しずつ示されてきた。そして、その行き方に徹しようとすればするほど、目の前に立ちふさがってくるのは、同じく筑豊で伝道し奉仕している人々だった。たとえば、ぼくが「生活保護の不正受給」を否として語ったとき、「そういう言い方は筑豊の人を知らない人間の言うことだ」とか、「最後には言わなければならないだろうが、今はその時期ではない」とか反対された。ぼくにとっては単なる意見の相違ではすまされない、伝道の根本的な考え方の相違がそこにあるように思えた。理由はどうであれ、現に行われている不正を不正としない伝道は、ぼくには我慢のならないものであった。

何度かぼくもそのことを言ったが、はっきり納得はしてもらえなかった。そしてだんだん、「それならきみはきみの道を行けばよい。ぼくはぼくの道を行くから」という考えになった。

そしてその結果は排他的になり、対立的になった。

ぼく自身が筑豊で現にこんな経験をしているので、小柳さんの言われた関西労伝の問題もよくわかった。

排他的、対立的になると、自分のほうが正しいということを〝成功している〟という尺度で見せようとする。あるいは自分はこれだけのことをしているという業を見せようとする。それが醜い争いを生む。どちらが立派な社会館を建てるかで血眼になるなど、その良い例だ。

「労働者のために」をスローガンとする関西労伝が抱えている問題は、「筑豊のために」というスローガンの下にあるぼくの問題と同じく、そこで働いている人がいかに徹底的に古い自分に死に、新しくされているかなのだ。

小柳さんはもう一度、関西労伝で働いている人間が一致して聖書研究をしなければならない、そこから以外に現状を変える道はないと言われたが、まったくそのとおりだと思う。

三月三十日は、南大阪教会でもまた同志社でも先輩であるO先生が牧しておられる稲田教会に寄せていただき、祈禱会で話した。稲田教会は松崎先生のお家の近くにある。O先生は一生懸命、教会のために働いておられた。それは少し話しているうちによくわかった。そしてこう語られた。「これでいいのかと思いながら、現実にこうして一つの教会の中にいると、教会運営のことに多くの時間を取られて、知らず知らずのうちに教会を維持することばかりを考えるようになる」と。

ぼくは思った。環境はなんと恐ろしい力をもっていることだろう、と。たとえば、「教会」なんてどうでもよいと考えているぼくと、教会のために一生懸命のO先生とでは、同じ聖書を読んでも微妙なところで解釈が違うだろうと思うのだ。（ちょうど役員の人が来ていて、入門講座で使う本の選定をしておられたのだが、矢内原先生の本が素晴らしいから、これを使おうと言ったあと、「ただ無教会的なところだけはなんとかしなければ」と語っておられたのが印象的だった。教会に都合の悪いところは省こうというのだ。もし矢内原先生の本が本当に聖書的であるのなら、矢内原先生の本によって教会のほうが変わるのが当然ではないのか。もっとも、こういう発言そのものが、教会という重荷を負わされていない人間の無責任な発言なのかもしれない。ともあれ、ぼくは、聖書によって自由にならなければ何事も始まらないと強く示された）。

素子の兄がスバルを貸してくれて、ずいぶん助かった。ぼくの姉や弟もたいへん喜んでくれた。素子の家庭は一家で迎えてくださり、本当に迷惑をかけた。

四月二日の午後は、高橋三郎先生の内村鑑三記念講演会を聞いた。内村先生が築かれた道、高橋先生が歩んでおられる道、その道をぼくも歩ませていただきたい。それは父なる神さまにすべてをおまかせして歩む道だ。

（一九六七〔昭和四十二〕年四月）

登校するこどもを送りながら

三月から四月にかけては年度替わりで、学校や官庁は一年の締めくくりと新しい一年の方針があれこれされる時である。一週間か二週間前までは小学校の最上級生として威張っていたこどもたちが、ちょっと大きい、でもまっさらの中学校の制服を着てすましている。男の子は白線の入った帽子が重たそうだ。新しく中学一年生になった者一一名（男子六、女子五）。今年中学校を卒業した者は一六名だから中学生は五人減ったことになる。

新しく小学校に入ったのは、木村のこうちゃん、森田のけいたくん、中村のふじまっちゃん、それに、田中のあっちゃんの四人、小学生でも七人減ったことになる。新一年生の四人は福吉保育所の第二回卒業生だ。毎朝分団の一番前を並んで登校して行く。その姿を見ていると、もう福吉に来て三年目を迎えるんだ、とあらためて考える。

あっちゃんも、こうちゃんも、ふじまっちゃんも、ぼくが初めて福吉で、松崎先生と、木曜ごとの保育所を開いたとき、姉ちゃんやお母さんに負われて来ていた。村までの道が歩けなくて、おぶって帰ったことも何回かあった。まったく大きくなったものだ。

そんなことを考えながら、こどもたちを学校へ送って行く。時間は七時半だ。ちょうどその時間は勤めに出るおじさんやおばさんが急ぎ足で坂を下って行かれるころだ。ほとんどが土方仕事だから、地下たびを履いて、みんなキリッとしている。そんな姿を見ると、とてもうれしい。でも何回言っても、保護をもらいながら仕事に行く人もいる。そんな人の姿を見ると、情けなくなる。そしてあのおばさんやおじさんにぼくの言っていることを理解してもらえるのはいつのことだろうと思う。

こどもたちは、テレビの話や、山で鳥の巣を見つけた話などを楽しそうにしながら山を下って行く。その同じ道を隠れて働きに出る人も通って行く。多くの人はその朝の福吉の情景を見て言うかもしれない。大人たちは汚れていても、こどもたちは純真だ、と。ぼくはもうずいぶん前から、こどもたちの無邪気な会話を聞いても、こどもたちは純真だと思えなくなった。

登校前のこどもたちに英単語を教える

現にこどもたちの話題の中心であるテレビは、不正受給をしてこそ買えたものではないのか。こぎれいな衣類も隠れて働いたからこそ買えたものではないのか。不正の結果得たもので育てられたこどもたちが純真なはずがない。何回も語ったことだけれど、こんな中で育てられるこどもの将来を思うと、恐ろしくなる。

ぼくはテレビをもつことが悪いと言っているわけではないし、きれいな服を着ることが罪悪だと考えているわけでもない。また福吉のすべての人が不正をしていると言っているわけでもない。ただ、悪いとわかりながら、楽な生活、快楽を求める生活のために憶面もなく不正受給を続けている人々に改めてもらいたいのだ。

あるおじさんは、「先生、もう半年もしんぼうしたら、私も保護を返上したいと思っています。それまで準備が必要です」と、今の不正受給を正当化して言われた。でもぼくは思う。不正はどこまでいっても不正を生むのであって、不正からパッと正義が生まれるはずがない。不正だとわかったら、その時改めることだけが唯一の道だ、と。

いろいろと闇の道を通って、やっと一流の高校の先生になった人が、「今までのことは忘れて、今から正義の道を歩みます」と語っておられたのを聞いたが、不正の上には決して正義の道は築けないのだ。不正は一度徹底的に裁かなければならないのだ。不正から離れることは大きな苦痛を伴う。それが嫌だから不正に安住するのだ。もしその大きな苦痛を補ってなお余りある喜びが心に満ちていれば、不正から離れることも可能だ。そして実にこれが不正から離れる唯一の道なのだ。

（一九六七〔昭和四十二〕年四月）

領収書

「あたり屋」という商売があるらしい。自分や自分のこどもが危険を承知で車に飛び込み、怪我に応じてお金を巻き上げる商売（?）である。ぼくの弟がこれにひっかかって大変な目に遭った、とこぼしていた。

福吉には「あたり屋」はいない。ひょっとしたら本当に死んでしまうかもしれないそんな危険な商売（?）をするよりは、何の危険も伴わず、寝ていてもらえる保護のほうが割りがいいことを計算しておられるのかもしれない。

しかし「あたり屋」の精神は生きている。

目の悪い一人の老いた女性がいた。ある日、単車にはねられて怪我をした。すぐに入院して治療を受けた。はねた単車にも落度があったろうが、その女性のほうにも落度がなかったとは言えない交通事故であったとしよう。示談で解決することに定まり、話し合いが進められた。どのような経過を通ってどのような結着になったのかは知らないが、ずいぶん長い期間を要した。その間、その女性を見舞いに行った人が、「まあ、看護人はつけてもらうは、好き放題は言うは、まるで殿様、殿様」という感想をもらされた。示談が有利になるように町会議員が動き、ある宗教団体が動いたと聞く。

このあいだ親しい友がちょっとした事故を起こした。これも示談で解決ということになり、ぼくは立会人としてその話し合いに加わった。事故そのものはたいしたことはなく（こういうように書くと、当事者は、他人のことだからそんなことが言えるが、自分の子であってみろ、と言われるだろうが、一応専門の医者が見て、「軽い」「たいしたことはない」と言えば、第三者として「たいしたことはない」と判断してよかろう）、被害者も元気だったのだが、おやじさんとの話し合いでいろいろなことを考えさせられた。

話し合いは、「他人のこどもを怪我させておいて、すみません、ではすまんわなあ」から始まった。そして、警察に行けばどんなに大変であるか説明され、こどもは毎日医者に見せること、それには奥さんが仕事を休んで付き添われること、歩いてはいけないからタクシーで往復すること（このおやじさんはすでに、乗ったタクシーの領収書を取っていると語られた）、家庭に与えたショックも償わなければならないこと、後遺症の問題等ときりがない。

怪我したところをバンソウコウで押さえ、テレビを寝ながら見ている被害者であるこどもの姿を見ながら、ぼくは、このおやじさんはいったいなんぼほど（要求がお金であることは初めから明白であった）要求されるのだろうと、そら恐ろしくなった。

話は金一万円也であっさりとついた。この事件に関しては双方ともとやかく言いませんという〝示談書〟が取り交わされたのだから、双方とも文句はないはずだ。ただぼくはなんとしても収まらない一つの感想をもつのだ。それは、おやじさんが、こどものことを心配して（と言われるのだが）飛んで帰って来た、そのタクシーの領収書を取っておかれたという行為に表されている一つの問題についてだ。

素子（ぼくの妻）と話し合った。「朝、学校へ何気なくこどもを送っているけど、こんな事故が起こると、一人一人のこどもの背後にある親の気持ちが恐ろしいなあ」と。

「キャンプに連れて行って事故でも引き起こしたらおおごとね。」

「まったく、そんなふうに考えると、何もできなくなってしまうな。」

こんなことが福吉を孤立化していくことに連ならないだろうか。

ちょっとした怪我なら「すみません」ですまし得る心というのは、そんなに並はずれた心なのだろうか。

ぼくも毎日車に乗っており、また、義一（ぼくの長男）のことも考え合わせて、なんとも複雑な気持ちである。


（一九六七〔昭和四十二〕年五月）

無駄使い・言葉・好き嫌い

六月四日、ソロバン教室のこどもたち二〇人のお供をして、小竹町の七福へ出かけた。ちょうど四人のこどもたちが、同町の小学校で開かれるソロバンの検定試験を受けるので、この機会を利用して、七福のソロバン教室のこどもたちと交歓会をしようと向こうから招いてくださったのだ。

宮井先生の後を引き受けて、福吉のソロバン教室を見てくださっている宗高先生が橋渡しをしてくださったもので、七福の新しい公民館で、しりとり歌合戦をしたり、アベック歌合戦をしたり、とても楽しい集いだった。

さて、仕事で忙しくしているため、こどもたちと遊ぶ機会のないぼくにとっては、この一日はとても楽しいものであった。しかし、やはりいろいろな問題を感じて帰って来た。

その一つは、お金の無駄使いだ。飯塚行きのバスに乗るために小峠へ出た。バスを待つ数分の間に全部のこどもたちがキャンディを買ったり、ラムネを飲んだり、カルミンを買ったりした。小竹本町でバスを降りたら、「先生何か買うけ、ちょっと待ちい」と言う。交通の激しい所なので、そんな自由を許したら大変なことになると思い、みんなをせきたてて、ちょうど道案内に来てくれた男の子について会場へ向かう。みんなの不満そうな顔。

四人のこどもが検定試験を受けている間、他のこどもたちは見学することになっていたが、見学したのは始めだけ。「先生、のどかわいた、なんか買いに行っていい？」と入れ代わり立ち代わり聞きに来る。

交歓会が始まってプログラムとプログラムのつなぎ目になると、何人かの子が「なんか買いに」行く。

帰りのバス停までの道でも、キャンディを買ったりガムを買ったり、バスが小峠に着いたとき、そこでまたみんながキャンディを買って、それを食べながら歩く。ぼくは、「きみら、いったい一日なんぼほどお金使うんや」とたまりかねて聞くと、「三〇円くらい」とすまして言う。

朝、学校へ行きがけに店に寄って、「なんか」買って、それを食べながら学校へ行く子もたくさんいる。

一日三〇円とすれば一か月九〇〇円だ。一方でこれだけのお金を使っておいて、保育費が滞納したり、こども会費や育成会費をけちったりするのは、どういう計算によるのだろう。

買い食いに対して問題を感じない家庭は、こどもの教育を放棄してしまった家庭だとぼくは思う。なぜなら、お金さえあれば何でもできるとこどもに思わせ、そのお金を得るための苦労は忘れ去られているからだ。

二つ目に感じたことは、言葉の悪さだ。昼食がちょっと遅くなったのだが、女の子が「腹へった。はよ、くわせ」と言う。よく気をつけて聞いていると、自分の気に入らないことには陰でぶつぶつ言うが、人と対話することが福吉のこどもにはほとんどできない。

「言葉が悪い」というのは、一般的に言って言葉が荒いということも含むが、もっと問題なのはこの対話ができないということだ。

三つ目の問題は、好き嫌いの激しいことだ。昼食は卵どんぶりだったのだが、「お汁が多くて残飯のようだ」とか、「玉ねぎが嫌い」とか、「卵の白いところが嫌いだ」とか言って、それも大声で言って、これ見よがしに残す。はたで見ていると、「こんなもん食べられん」ということを妙に強調して、そうすることによって何か自分の家ではもっと素晴らしいものを食べていると言いたいように見える。とにかくいったい家では何を食べているのだろうと思うほど好き嫌いが多い。

以上、三つの問題は、すべて家庭の中で注意されなければならないものばかりだ。そしてこの三つは、良い家庭か悪い家庭かを見分ける基準になり得ると思う。

（一九六七〔昭和四十二〕年六月）

こども会のこと

いわゆるこども会活動がうまくいっている地区を、ぼくは見たことがない。みんな「こども会」をどのように運営すればいいのか、探し回っている。

新聞その他のマスコミが名をあげ、町長や教育委員長といった人々によって表彰される「良きこども会」とは、「一年間にこんなにたくさん行事をやりました。地区のこどもたち全部が参加しています」といった、行事と人数を基準にしたこども会だ。

七月一日、上野の青年の家で開かれた桂川町のこども会指導者講習会に出席して、「こども会」というものについて、新しく考えさせられた。

集まった人々は全員こども会の指導者で、実際にこどもたちの面倒を見ている関係上、具体的な問題をたくさん抱えておられ、短い時間であったけれど、それらを聞くことができた。聞きながら、あることに気づいた。それは、問題の多くは、もはや技術的なことではなく、現在のこども会の存立そのものの意味を問うような性質のものであったということだ（十分意識されてはいなかったが）。

技術的なことというのは、たとえば「こども会全体で何か会合をするとき、どうしても小学校の低学年の児童は興味を引かないらしく、すぐあきて騒ぎ出す、何かうまい方法はないものか」といったたぐいの問題で、この講習会でも、いくつかこういう問題が出された。そして大切なことは、このような指導者講習会の主催者は、これまでこの技術的な問題にのみ答えよう

北九州市・直方市・福智町の最高峰 福智山へ

としてきたのである。今度の講習会でもそのとおりで、新しい歌の紹介、ゲームのやり方、キャンドルサービスのやり方等、もっぱら技術的習得を目的としたものであった。

ぼくはここに、現場の指導者が無意識的にではあれ、問題とし始めている重大な方向転換を主催者側がキャッチできないで、従来どおりのことをやっているという矛盾を見るのである。

重要な転換の芽ばえとは何か。

それは次のような質問に答えようとするとき、問題になってくる事柄である。

「私はこども会の体育部の指導をしているのだが、自分の仕事と、こども会の世話とが両立しないで困っている。どうしたものだろうか」、「こども会の年間行事を守ってゆくために、嫌がるこども、出たくないこどもまでほとんど強制的にひっぱり出しているというのが現状だが、こんなことでいいのだろうか」、「一応決められたプログラムはやっているのだが、それはその時だけでちっともこどもたちのためになっていないように思えるのだが」。

ぼくは今までのようなプログラム中心のこども会活動から、そろそろ脱皮すべき時期に来ているように思う。といって、プログラム中心のこども会がもう脱皮されなければならないほど成熟しているとは思えない。

「こども会」といえば、こどもを集めて何かをすることだと考えられている。たとえば、ぼくが初めて筑豊に来た時（一九六一〈昭和三十六〉年）は、紙芝居やお話をすると、こどもたちは喜んで集まって来た。キャラバン隊が珍しかったこともあろうし、何よりテレビという最大の楽しみがなかったからだ。

ところが現在は、こどもたちにとって「こども会」のやることはとてもチャチに見える。テレビは職業的にこどもたちの喜びそうなことを血眼になって探し、実現しようとするのだから、素人指導者の考える出し物は足もとにも及ばない。そこでプログラムを守っていこうとすれば、「テレビのほうがおもしろい」というこどもを強制的に連れて来なければならなくなる。

また、何かをいつもしていなければならないのだから、その指導者は、時間的に大変な犠牲を払わなければならなくなる。しかも強制的にこどもを集め、時間的な犠牲をずいぶん払って守られているこども会が、残念ながらこどもたちの成長にはほとんど役立っていないのである。

これがプログラム中心のこども会の行き詰まりの原因だ。では、どんなこども会になるのか。プログラムのないこども会になるのだ。こどもたちの成長を本当に望んでいる人が、自分のこどもと向こう三軒両隣のこどもに対する責任をもつのだ。道でちょっと会ったときに声をかけ、彼や彼女の喜びを知り、悩みを知って、良き相談相手になるのだ。育成会はそのような人々が集まって自分の責任の向こう三軒両隣のこどもたちの様子を報告するのだ。

ぼくはこの新しいこども会のことを考えて実現してみたいと思う。

（一九六七〔昭和四十二〕年七月）

裏

七月十五日、公民館でソロバン教室の保護者会がもたれた。十数人のご家族の方々が集まられ、宗高先生を囲んで熱心にこどもたちのことが話し合われた。

宗高先生は、四月より福吉で献身的にこどもたちのソロバンを指導していてくださる先生で、保護者会でも先生に対する感謝の思いがすべての人々の顔に表れていた。それに応えて先生でもソロバンを通して細かいところにまで注意を払い、一人一人的確な助言をしておられた。

その席上でこんなことが話題になった。

Aちゃんは六級の試験を二回受けたが、二回ともうまくいかなかった。先生も三回目の受験をすすめかねていたところ、Aちゃんのほうから受けさせてほしい、と申し出があった。先生は、その根性が気に入って、「費用も交通費もぼくが出してあげるから」と励まされた。ところが家では、「三回も受けて……」と叱られ、試験の当日は泣きながら出かけて行った。

（ちょっと横道にそれるが、ソロバンは頭の良い悪いに関係なく、技術なのだから練習を重ねれば、だれでも相当のところまでいけることを先生は強調しておられたが、このことは、六年なのにとか、中学生なのに八級か、などという批判がまったく見当はずれであることを示している。また、上の級になればなるほど、何回も何回も試験を受けなければならないそうだ。）

試験の結果、Aちゃんは合格した。先生もとても喜んでおられ、なによりもAちゃんは人一倍うれしかったことだろう。

ところが合格を知ったあるおばさんが、Aちゃんのお父さんに「良かったね、おめでとう」と言ったところ、お父さんは、「何にでも裏があるからな」と言われたというのだ。つまり、「うちの子は実力で上がったのではない。三回目なので、先生のほうでも気の毒に思って、合格させはっただけや」と言われるのだ。

保護者会の席上では、まず先生が「ソロバンの検定試験に限って絶対にそんなことはない。文部省の印が押してあるのですよ」とそのお父さんに語られ、皆も「そんなばかなことはない。うそであっても、すぐばれるじゃないか」と口を合わせられた。そして、もっとこどもを信頼してやらねば、こどもがかわいそうだ、というところで話は落ち着いた。

保護者会後、宗高先生を小竹まで送り、その車の中であのお父さんの発言についていろいろと話し合い、その後もなぜか、あの発言が耳を去らなかった。

何にでも裏のあることをそのお父さんは体験を通して知っておられるのだ。大学の入試はおろか、自動車の違反で罰金を科せられても、ある筋を通せばなんとかなるという話まで聞いている。簿記や珠算の検定にしても、文部省の印があるからといって不正が絶対にないとは言いきれまい。そして一度裏を通った人間は、安楽な裏を探し回ることになる。

ぼくが恐ろしく思うのは、生活保護という裏（誤解のないように一言付け加えれば、生活保護のすべてではなくて、特に不正受給という裏）の生活に慣れてしまった人々は、「裏もあるが、表の生活こそ真に人間らしい生活なのだ」ということが肌でわからなくなるのではないかということだ。

根本のところで裏の生活をしていて、形だけを表にしようとしても、それは無理な話だ。裏のあることを百も承知で、それでもあえて困難な表の道を歩むことを教えることこそ教育の根本だと思うけれど、そんなことを福吉で望めるだろうかと、ときどき思う。

（一九六七〔昭和四十二〕年七月）

〝前進〟についての感想

南大阪教会の夏期修養会の標語は〝前進〟であると聞く。そして「月報」七月号によれば、各団体の副題は「献げる」（いずみ会）、「現実——我々の姿勢」（連合青年会）、「私たちに何ができるか」（中高生）等であるらしい。

ぼくは、〝前進〟という言葉が現在の南大阪教会の現実でどのように受けとめられるのだろうかと思う。〝前進〟しなければならないのは何なのか。〝前進〟をさせるエネルギーは何なのか。そもそも、どのような事態を〝前進〟と言うのか。

このような基本的な問題を、じっくり聖書を学ぶことによって考え、祈ることによって解決しようとする姿勢が、ぼくの感ずるかぎり、非常に稀薄なように思えるのだが。

〝前進〟という言葉がどのような背景をもって選ばれたのか、ぼくは知らない。しかし、現在の南大阪教会の現実の中では、それは教会の勢力の拡張（その第一は、組織的家庭集会による信徒数の増加、その第二は、教会堂新築による外見の拡大）と結びつけられていることは必至だと思われる。青年会が「現実——我々の姿勢」という副題で問題にしなければならないのは、まずこの南大阪教会の現実でなければなるまい。この現実をさておいて、「政治、戦争、人種差別」等、外の現実を追い求めても何にもなるまい。

〝前進〟の主語は「南大阪教会」なのか。

〝前進〟の具体的活動は、家庭集会を拡大し、信徒を増すことと、会堂を新築することなのか。神さまの意思は本当にそんなところにあるのだろうか。

わが思いは、あなたがたの思いとは異なり
わが道は、あなたがたの道とは異なっていると
主は言われる。
天が地よりも高いように、
わが道は、あなたがたの道よりも高く、
わが思いは、あなたがたの思いよりも高い。（イザヤ五五・八―九、口語訳）

イザヤの体験したこの言葉に、「南大阪教会」を〝前進〟の主語とし、「信徒拡張」と「会堂新築」をその具体的行動とする南大阪教会の現実は、耐え得るだろうか。

ぼくは、母教会である南大阪教会にいたころ、祈禱会で「会堂建築が神さまの意思かどうかわからない」と祈ったことがあった。そして現在では、少なくとも南大阪教会が莫大なお金を使って会堂の新築を計画していることは、神の意思どころか、明白に神の意思に背く行為だと思っている。

その理由はいろいろあげられるが、第一に、どうしても現在の会堂ではいけないという理由が薄いことだ。第二に、会堂新築が神の意思だとして、何の疑問も差し挟まないで、ほとんどの教会員に支持され、協力されていることだ。第三に、会堂新築より緊急を要する問題が、南大阪教会の内外にゴロゴロしていることだ。

〝前進〟の主語は福音であらねばならぬ。そして真の福音が〝前進〟するとき、人間の思いでできた教会は潰れ去り、人間の力で集められた信徒は散らされる。

ぼくは、〝前進〟という標語をここまで掘り下げて深く問題にしてほしいとしきりに思う。

(この文章は八月九日に書いたものだ。南大阪教会の青年会が「塔」という機関紙を発行しており、ぼくのところへも毎月送られてくる。ぼくの母教会である南大阪教会のことを、福吉に来てしばらくしきりに思った。何といってもぼくの心に信仰への道を準備してくれたのは、愛する南大阪教会である。だから南大阪教会が真の教会であることを祈らずにいられない。そんなぼくの目に、送られてくる週報その他を読んで映った教会の姿は、騒々しくて、本当に静かな神さまとの交わりが失われつつあるのではないか、感謝とか祈りとか聖書とか言葉では軽々しく語られているのだが、何か内容のないポーズだけのものになりつつあるのではないか、そんな思いがしきりにして、この文を書いた。「塔」の原稿として送り、南大阪教会の人々の意見を聞かせてもらえると期待していたのだが、残念ながらボツになったので、ここに載せた。)

(一九六七(昭和四十二)年九月)

「敬老の日」雑感

九月十五日が「敬老の日」として定められ、国の祝日となって今年は二回目。昨年は義一の誕生のことで落ち着かず、「敬老の日」の意味を深く考えなかった。今年はなぜか「敬老の日」が気になってしかたがない。

「老人問題」は、今や日本の国においても重要な問題の一つになりつつある。ひところは「こどもの問題（特に乳幼児の問題）」と「老人の問題」が並べて考えられていた。そして「こどもの問題」のほうはあらゆる面で研究が進み、それに伴って施設なども曲がりなりにも整えられてきた。しかし「老人問題」のほうは、それに比べて、明らかに進歩が遅い。

「こどもの問題」と「老人の問題」が並べて問題にされたのは、それなりに意味がある。「こども」も「老人」も弱いというのがその意味で、両方共、ある種の保護が必要なのである。保護が必要である場合、「何のために保護をするのか」という理由を人々は問う。そして「こども」の場合、その理由がいくつも考えられる。「大きくなってどんな立派な人間になるかもしれない」と考えたり、「自分の事業のあとを継がすために」と考えたり、「何々家が滅びないために」と考えたり。つまり、一般にこどもには未来があると信じられ、その未来の可能性が現在の「保護」の理由になっているのだ。ところが、「老人」の場合、そういった未来の可能性といったものはまずない。ぼくは、「こどもの問題」が比較的早く進歩したのに対して、「老人問題」の遅れは少なくともその一つの原因がここにあると思う。

「老人を大切にしましょう」と呼びかけられるとき、その理由は、「老人はこれまでに社会のために働いてきたのだから」といった、過去の働きに対する報いという消極的なものでしかない。ぼくは「老人問題」がすっきりしない理由の一つはこの考え方にあると思う。

世相はどうか。「家つき、カーつき、ババ抜き」といった言葉で表されているように、「老人」を抜きにした生活が求め始められている。嫁と姑の問題は昔からあったものだが、そこに現代的な要素が加わって、ますます悲劇的である。

「老後のことをこどもが見るなんて古い考え方や」と言うこどもと、「こどもの世話にならんでもええように」とせっせと貯金する親。そんな家庭が増えつつあるのではないか。

矢内原先生は、何の力もない幼児に振り回されている家庭を評して、それが人間の品位だと語っておられる。ぼくの家でも大人が二人、義一に振り回されどおしだ。矢内原先生は、そんな家庭の姿から品位ある社会の姿を学べ、と言われる。

無力なもの、「保護」を要する者に振り回されて生活することは人間の品位なのだ。それはイエスさまの姿の中に表されている。

「キリストは、神のかたちであられたが、神と等しくあることを固守すべき事とは思わず、かえって、おのれをむなしうして僕《しもべ》のかたちをとり、人間の姿になられた」(ピリピ二・六―七、口語訳)。

「老人」を排除して成り立っている家庭は、品位なきゆえに裁かれよう。「老人」を排除して成り立っている社会は、その品位なきゆえに滅ぼされよう。

ぼくは、何人かの老人を自分の家庭に招いて、共に住み、私設の老人ホームを作っておられる人の話を聞いて、胸を打たれた。「夕食が終わって一人一人寝室に行く後ろ姿を見て、もう明日は共に食事ができないかもしれないと思い、神さま今日一日ありがとうございました、と心から感謝する」と言われた。

「老人問題」はまた、「死の問題」でもある。「死」に勝利した者でないと「老人問題」は扱えぬ。

（一九六七〔昭和四十二〕年九月）

こどものこと

「朝日新聞」が、「ボタ山は青く――苦悩する産炭地のレポート」という連載ものを十月になって始めた。その五回目のタイトルは「灰色の白書」となっており、次のような文章がその初めに記されていた。

先月二十六日、田川郡川崎町の公民館に集まった町内三中学校の補導教諭たちが「やっぱりなあ」と顔をゆがめた。五月に行なった非行を防止するための傾向予測テスト結果を、この日まとめたが、結果はまさに心配していた通りだったからだ。

このテストは、三校の一年生五九四人を対象に行なったが、アンケートの回答は、家出したい――三七・二％、学校をやめたい――二四・二％、また、非行に走る恐れのある生徒が一七・八％と推定された。これらの数字は、生活保護世帯やそれに近い家庭の子、片親しかいない子、カギッ子ほど高かった。

このテスト結果に、現在のすさんだ環境では学校の教育も無力に等しいことを、先生たちはあらためて反省させられた。閉山地帯にある学校では、いまなお、泥沼に踏みこんだような苦しい教育が続いている。


ぼくはこの数字を見て、あらためて福吉のこどもたちのことを考え直した。静かに目をつむって想像してみてほしい。一〇〇人中三七名ものこどもたちが（わずか中学一年のこどもたちがだ）、「家出をしたい」と考え、一〇〇人中二四人ものこどもたちが、学校をやめたいと考えているのだ。

これは川崎でのアンケートだけれど、金田でもそんなに大きな相違はないと思う。

これが現状で、こんな現状の中にこどもが置かれていることをはっきり知らなければならない。以前に取り上げた「大阪でのアルバイト」の問題もこの現状の一つの表れにすぎないのだ。

学校の先生方はたぶん、このような現状をよく知っていて、解決を求めて努力しておられるに違いない。しかし、筑豊の現状は、今や先生の努力だけでは治まらないところまで来てしまっているのだ。

多くの人が指摘するように、このようなこどもたちをつくったのは、ぼくたち一人一人がその一員たる筑豊の社会なのだ。筑豊社会の混乱が、こどもたちをここまで追い込んだのである。そして、この災いは今後の筑豊の歩みを決定的に暗いものにするに違いない。温かい家庭を知らないで育つ子、何をするにもその基礎となる中学校での教育を放棄してしまう子、そのようなこどもたちの将来は明るいはずがない。

現状をどうすればよいか、ぼくは、一人一人が本当にこどもたちのことを思うようになる以外にはないと思う。こどもたちを一人の人間として温かく見守る人が一人、二人と出てくるときに現状の変革がなされると思う。

福吉に関していえば、親がまず自分たちの生活を反省してみなければならない。自分はデタラメな生活をしておいて、こどもには立派になれと言っても、それは無理な話。ところがこの無理なことを平気で押しつけている人が何人もいる。あるいはまた、こどものことにはいっさい構わないという家庭もある。こどもを教育する自信をまったく失ってしまった家庭だ。ぼくは、こどもを温かく見守ることをやめた家庭は、大きな犯罪を犯しているのと同じだと思う。

結局のところ、こどもの問題は深く大人の生活と結びついていることを知らされる。そして大人の生活のことを思うと、もうどこから手をつけてよいのかわからないといった現状だ。

だから、事の重大さに気づいたものが、一番身近なところから本気で手をつけてゆく以外にない。

（一九六七〔昭和四十二〕年十月）

鉱害復旧

「フクニチ新聞」が、十一月七日号で「私たちの町」という企画の九十九番目に金田町を取り上げた。続いて「朝日新聞」も十一月八日号で「ボタ山は青く、第2部――苦悩する産炭地のレポート」という企画の二番目として金田町を取り上げている。

二つの記事が強調しているのは「鉱害復旧」のことだ。「鉱害復旧こそが振興の基盤づくりである」と語られている。

ぼくが建材店での仕事を通して実感しているのも、この「鉱害復旧」のことだ。金田町の農地はまったくどこもかしこもと言っていいほど掘り返されて、それが今も続いている。みな鉱害復旧工事だ。ぼくも日に何回となく農地へセメントや土管を運ぶ。「フクニチ新聞」によれば、一〇アールあたり約四五万円の復旧費が常識であるのに、金田ではなんと一三〇万円を注ぎ込んだという。

家屋の復旧もまったくすごい。ボロで、傾いて、よくもまあこれで人が住めたものだと思うような家が、二か月もすると、立派な家になる。まったく驚くばかりだ。そんな改築の進んでいる家があっちにもこっちにもある。

鉱害復旧とは何か。炭鉱時代の無計画な、何がなんでも石炭を掘り出せばよいというデタラメなやり方が農地や家屋に与えた損害を補償しようとすることなのだ。鉱害復旧にまつわるいろんな不正を耳にする。しかしそれは一応置くとして、鉱害復旧の意味は大きいと思う。それは過去の整理ということなのだ。炭鉱時代のデタラメが、少なくともそのまま通り過ごされるのではなく、遅ればせながらでも補償されようとしているのだ。鉱害復旧事業が今日の金田の経済に大きな位置を占めていることを知って、新聞は「これこそが振興の基盤だ」と言うかもしれない。しかしぼくは、古い炭鉱時代のゆがみに整理をつけようとしている、そのことが尊いと思う。過去に行われた一つ一つのことが筋を通して解決されるのでなくては、発展や前進などは決してあり得ないのだ。農地や家屋に関するかぎり、多くの人がこのことに気づいて復旧を主張している。そして実際には復旧とは、旧に帰ることではなくて、新しくなることなのだ。

ところが最も鉱害を受けており、すぐにでも復旧、いや新しくされなければならない人間そのものについては、ほとんどの人が復旧事業を行っていないどころか、鉱害がどれほどひどいかに気づいてさえいないようなのである。

農地や家屋の復旧工事は、それを受ける側にとっても、その仕事に従事する側にとっても利益になることである。立派になった畑や家を見て喜ばない者はなかろう。また、事実、復旧工事は金田の人々に実に多くの働く場を提供している。この意味で、どちらにも損はない、だからどんどん新しくされていく。ところが、鉱害でひどくてゆがんでしまっている人間そのものの復旧工事は、それを受ける側もする側も、ひどい傷を負わなければならないのだ。大手術を施さなければ鉱害復旧はできないのだ。農地や家屋がどれほどの金と労力を使って復旧されていくかを知っている人は、それにあわせて人の心の復旧事業の重みを推し量るべきである。今、金田町が問題にしなければならないのは、この人の心の鉱害復旧だとぼくは思う。これに手をつけないで新しい町をいくら望んでも、それは無理な話だ。

新しくなった農地を見て喜び、立派になった家に住んで得意気になっている人々に接して思う。そんなに新しい物に取り囲まれていながら、どうして自分の古さに気づき、新しくしようとしないのか、と。

ぼくは人の心の鉱害復旧に生涯をかけようと思う。新しい家、新しい農地に取り囲まれて、それと調和し得る人間、いやもっともっと新しい物を創っていける人間が、今やどうしても必要なのだ。

（一九六七〔昭和四十二〕年十一月）

筑豊は病んでいる

筑豊は病んでいる。ぼくは近ごろますますそう思うようになった。大病の後の患者のように。筑豊全体がいまだに残っている病を完全に治すとともに、もう一方で体力をつけなければならない。そんな状態に今の筑豊はある。

筑豊の病は何であったか。石炭産業にまつわる多くの不正がそれだ。上は、石炭産業の隆盛期にもうけるだけもうけた財閥が、筑豊にその利益をほとんど還元することなしに他産業につぎ込んだこと。斜陽産業という便利な言葉によって筑豊から手を引き、後始末は国や地方自治体の手でさせようという大きな不正。下は、石炭産業という特殊な生活様式——たとえば、電気、水道、風呂代がタダというような生活——に慣れた人間が、ごく簡単に生活保護による生活に移る。その中に居座ってしまうという不正に至るまで、筑豊中が不正だらけだ。

今の筑豊に必要なのは、この横行している不正を勇気をもってチェックすることが第一だ。石炭産業のない新しい筑豊を求めて、多くの努力が払われている。しかし、今しなければならないのは、不正のない新しい筑豊を求めて努力することだ。ぼくは、このことのために多くの時間が必要だと思う。時間をたっぷりかけてこの病を完全に直さなければならないと思う。この努力が少しでも払われ始めると、不正がいかに自分の生活に染みわたり、肉体の一部にすらなっているかということに気づくはずだ。

〝不正のない社会〟を求めていると言いながら、それは口先だけで内容がない。それも当然で、本当に〝不正のない社会〟が来たら、今のぼくらはきっと堅苦しくて窒息してしまうだろう。だから、不正をチェックするなかで、正義に耐え得る（あるいは正義を喜ぶ）人間に変わっていかねばならない。これが体力をつくるということだ。（一九六七〔昭和四十二〕年十一月）

献血運動の中で

矢頭高広君の心臓の手術のためにO型の血が多量にいる。矢頭のおばさんが町の厚生課に相談されたところ、町ぐるみの献血運動が進められることになった。直接必要なのはO型なのだが、A・B・AB型の採血も同時に行われることになり、献血日は十一月二十八日と定められた。町も、町報、掲示板、有線放送、そして前日と当日は、宣伝カーまで利用して懸命であった。福吉地区でも、矢頭さん一家はもちろん、区長さん、公民館長さんをはじめ多くの人が、一人でも多くこの献血運動に参加されるよう努力された。

ところが当日は、予想と期待に反して参加者は一六六名にすぎず、その中で採血可能者は五九名にすぎなかった。肝心のO型は二二名（三三名は最低必要なのに）。O型以外の採血可能者はその場で採血したが、O型の人は手術日（十二月四日）の前日に採血することになっていた（できるだけ新しい血が必要なため）。

ところがO型の採血可能者が二二名しかいなかったので、赤十字の採血車が来ないという破目になった。役場の人の骨折りで、O型以外でも献血者がいれば、十二月三日にもう一度採血車を回してもよいということになり、十二月三日を目ざして、もう一度町ぐるみの献血運動が繰り広げられることになった。

この時には各新聞にも記事を書いていただいた。おかげで金田町だけでなく、川崎や香春のほうからも多くの人が参加してくださり、採血も順調で、O型も手術に必要なだけ集まった。

以上、あわただしかった献血運動の経過である。ぼくは今度の献血運動を通して多くの感想をもった。

まず人間の生命の重さである。いったい矢頭君の生命のために何人の人間が動いたのか。しかもこれは矢頭君だけの特別なことではないのだ。毎日気づかずに暮らしているが、人間の生命の重さというのは本来それほどに重たいものなのである。矢頭さん一家はきっと今度のことを通してその重さを深く深く学ばれたに違いない。

それから、ぼくも採血してもらうために順序を待っている間、周りの人が話しておられる会話を聞いて、一つのことを深く印象づけられた。その会話というのは「自分のこどもも同じような病気で死んだ」、「親類に同じような病気の子がいるので、他人事とは思えず」、「私のこどもも病弱で」、「私のこどもも献血で助けられたから」等々。つまり、自分のごく身近なところで起こった過去の出来事が今の献血という行為をさせているのである。ある香春の山奥から新聞で知ったと駆けつけた女性は、「平凡な家で、こどもを育てるほか何も社会のためにすることがなく、何かしたいと思っていたが、こんな機会が与えられてうれしい」と語っておられた。

「献血」というのは血を「献げる」ことなのだが、「献げる」という行為がどんな精神状況から生まれてくるかを感じさせられたのだ。それは過去の出来事に関わっている。「あのとき、血さえあったら」という気持ちも献血をさせるだろうが、「あのとき受けた血で助かった」という感謝の思いはもっと切実に血を献げる。人間が心から献げるのは感謝しているときだと思う。だから、生きていることが感謝であるような人間なら献げる生活ができる。

最初の採血日に一六六名しか集まらなかったのはショックであったが、同時に考えさせられたのは、そのうち採血可能者が五九名しかいなかったという事実だ。比重その他、血そのものが不適合のために採血できなかった人が多かった。他の所で参加者と採血可能者の割合がどのくらいかを調べてからでないと発言はできないが、採血可能者が少なかったということは、筑豊の問題の大きさの一つの指標ではないだろうか。

（一九六七〔昭和四十二〕年十二月）

一九六七年を送る

失業で明けた一九六七年もあとほんのわずかになった。今年もまた神さまの大きな恵みの中に生活させていただいたことが何より感謝だ。一年間振り返ってみると、平凡ながらそれでもいろいろなことがあった。

生活の面では二月から香月建材店に勤めさせていただいたこと。このあいだ小型ダンプを運転して、川崎町の山奥まで五十袋のセメントを運んだ。助手席に松ちゃん（松村さんというのが本名だが、みんな「松ちゃん、松ちゃん」と言っている。ぼくよりだいぶ年上なので「松ちゃん」なんて言うのを長い間躊躇していたのだが、このごろは平気で使えるようになった。とても良い人で、運転をはじめ仕事の面で毎日多くのことを教わった）が座っていた。車がやっと通るような林道は曲がりくねっているうえに、勾配がひどい。無事にセメントを降ろして店に帰ってから、「先生、運転うまくなったなあ」と松ちゃんにほめられた。そう言われてみて、ぼくも本当にうまくなったと思った。建材を運び、それを積み降ろしするのが、ぼくの仕事なのだが、運ぶ物が建材なのだから。行く先は、新しい家を建てるために地ならしがやっと終わった場所とか、農地とか、河川の土手とか、道の悪い所がほとんどだ。勤め始めのころは、何回も車を埋めてしまい、困ったものだ。また入るには入ったのだが、どうしても出られず、運転を代わってもらったこともたびたびだった。タイヤがやっと乗るような板を渡して、大きな溝を渡らなければならないときなど、途中で震えてしまって、難儀して運転を代わってもらったこともあった。そんなとき、見事なハンドルさばきで前車輪がまるで生き物のように見事に動くのをうらやましく見ていたものだ。あれから比べれば、だいたいどんな所へでも恐れることなく行けるようになっただけ、うまくなったのだろう。

　ところが、「事故は、慣れてくると起こる」と言われるように、初めのうちは皆無だった事故を最近続けて起こした。もっとも、免許停止や罰金を払わなければならないような事故は幸いにない。一回目はバックしていて、日通の車にぶつけ、相手の車の泥除けをへこませた。二回目はダンプの真後ろに単車が停めてあるのに気づかず、そのままバックして単車を踏みつけたこと。三回目はちょっとよそみをしていて、田んぼの溝に車を落ち込ませたこと。

　前にも書いたことだが、ぼくはこの仕事を通して筑豊をずいぶん知ることができた。特に金田、方城、赤池、糸田のいわゆる下田川地区はほとんどあらゆる通りを回った。

　回ってみて感じたことは、鉱害復旧事業が実に盛んに行われているということで、この一連の工事が終われば、下田川地区はその装いを一新するだろうと思う。しかし、この鉱害復旧事

妻と長男と

業で働いている多くの人のことを思うと、この事業が終わったときに来る事態は決して楽観を許さない。

家庭の面では何より義一がずいぶん大きくなった。もう三歩くらいなら歩ける。「バイバイ」「マンマ」は言え、「トケイ」「デンキ」「自動車」は指さすことができるようになった。なかなかのやんちゃで悪いこと悪いこと。

素子は保育所の仕事でずいぶん頭を痛めているようだ。いろんな問題があるらしい。ぼくはいつも「勉強するように」と言うのだが、なかなかそんな時間が取れないことは、ぼくにもよくわかる。

聖書研究会はマルコによる福音書、ピリピ人への手紙を終えて、今、使徒行伝を学んでいる。先週の日曜は使徒行伝二章三七—四二節を学んだ。ペテロがペンテコステの異常な出来事を見て驚いている群衆に向かって、堂々と説教をし、「あなたがたはイエスを不法の人々の手で十字架につけて殺した」と罪の具体的な糾弾をした。これを聞いた群衆は、「強く心を刺された」と書かれているが、そのすぐあとに、その群衆がペテロたちに「兄弟たちよ」と親しみを込めて自分の身の振り方を問うているのだ。これはぼくにとっては非常に不思議に思える。なぜなら、普通、罪の糾弾は人と人との間を裂くものであって、決して親しく兄弟と呼ぶような関係は生まれるはずがないからだ。この一年間、ぼくは機会のあるたびに生活保護の問題を取り上げてきた。そしてそれは、ぼくと地区の人々の間を裂くような結果を生み出した。そんなぼくにとって、何の妥協もなく罪の指摘をし、しかも「兄弟たちよ」と呼ばれるような関係が作られていることが不思議なのだ。小さな小さな聖書研究会であるが、この不思議が起こる場所であるよう祈ってやまない。

（一九六七〔昭和四十二〕年十二月）

学習会のお知らせ

昭和四〇年度の「学習会」を次の様に開きます。

一、課目と時間

数学（水曜）

五・〇〇―六・〇〇　一年生
六・〇〇―七・〇〇　二年生
七・〇〇―八・〇〇　三年生

英語（日曜）

五・〇〇―六・〇〇　一年生
六・〇〇―七・〇〇　二年生
七・〇〇―八・〇〇　三年生

二、開始日　四月一八日（日）

三、会費　月一〇〇円

四、場所　犬養宅

（この学習会は青年会の活動の一つとして行います。なお今回は中学生のみ対象にしようとしています。小学生のことも考えていますが、いましばらくまって下さい。）

こどものページ

学校におくれないこと

朝七時二〇分に放送があって七時三〇分に公民館の前を出発して学校に行きます。ほんこらのよそ、しんたやの人もいっしょに集まって下さい。せまい福吉でべつべつにゆくことはないとおもいますが。おくれないようにおねがいします、おくれるとみんなにめいわくをかけます。

県外だより　東京

拝啓　段々と気持のよい季節になりました。皆様方には何のお変わりもありませんか。僕は　仕事にはりきっております。

クンちゃん、僕は技術科の方に入りました。技術科といってもたくさんありますが、僕は現寸をしています。現寸とは製図をすることです。この製図ができあがると今度は現場の方で鉄トウを作りあげます。この鉄トウは主に外国へ輸出しています。だからいつも外人が会社の方にやってきます。主にビルマ・タイ、こんな東南アジアに多く送られています。僕たちは今の所あまりいそがしくはありませんがもう少しするといそがしくなるそうです。

クンちゃん、僕たち、山本君と二人で銀座へいったり、日比野公園にいったり、東京タワーにいったりしています。少しは東京にもなれました。これからも時々二人で出かけようと思っています。でも日比野公園に行った時にはおどろきました。あまりウロチョロあるきすぎて道に迷いました。あの時はビックリしました。でたらめに歩いていたら自分達の知っている道に出ましたのでホッとしました。今度は上野公園や浅草に行く予定です。

クンちゃん、養イ所はどうなりましたか。クンちゃん毎日いそがしいでしょう。僕も今年の正月は帰れないので来年の正月には帰って、クンちゃんのせわをしたいと思っております。お願いします。おばさん、松井さん、君子さん、身体に気をつけて下さい。病気をせぬように。

クンちゃんは、岩のようだから病気はしないでしょうが自分の身体を大切にして下さい。お母さんをお願いします。ではさようなら（中　多喜文）

前略、東京は九州にくらべて大変寒くてたまりません。九州はこれから大変暖かくなりますね。僕は九州がこいしくなってきました。僕達が東京に来てもう十日位なりますね。早いもんですね。日曜日にはいつも日比野公園

「月刊福吉」第１号３ページ（1965年4月15日）

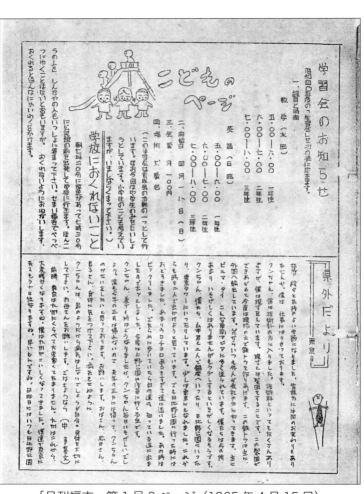

シャロームの町で——一九六八年（昭和四十三年）

ふるさと

現代は〃ふるさと喪失の時代〃とよく言われる。人間が深い意味で帰って行くところをもたない、という意味である。どこへ行っても心を落ち着けて、ゆったりできない。何かに追われているように毎日を気忙しく送っていく。何かとても大切なものを忘れているように思いながら、それが何であるかを考える場所もなく、どんどん年を取っていく。そんな状況にぼくたちが置かれていることは確かだ。一月二日にもたれた〃ふるさとの会〃が終わって、ぼくが考えたことは、そんなことであった。

お正月を迎えるためというより、県外から帰って来る我が子のために、家をきれいにしたり、お風呂場を新しくしたり、たくさんのごちそうを買ったり、福吉全体が年の暮れからとても華やいだ気分だった。

混雑した汽車に揉まれて、あるいは会社の車に徹夜で相乗りして、たくさんこどもたちが帰って来た。こどもたちなんて書くと、文句が出そうな立派な青年になって帰って来た。「先生！」と声をかけに来てくれた幾人かのこどもたちと話し合った。「俺、帰る前の日、寝られんやった」とか「やっぱり福吉はええとこや」と語る彼らの言葉に、年若くして親もとを離れ、社会の一線で（しかも彼らの多くは地味な職場で）緊張しながら働いている姿を見た。

福吉の懐かしい自然と人に触れて感激していた彼らの興奮が冷めたころ、一人一人の胸の中にある問題やうめきがぽつりぽつり出され始めた。それを聞きながら、彼らの置かれている場

県外から帰って来たこどもたちと公民館での「ふるさとの会」

の複雑さを思い、福吉というふるさとも、やはり彼らには本当のふるさとではなく、むしろ職場以上の闘いの場であることを知った。

A君が二日の〝ふるさとの会〟に顔を出さないので心配していた。「俺、今の仕事、体におおてないのかもしれん」と痩せた体で語り、油負けした吹出物だらけの手を見せてくれた彼だった。二日の夜遅く、もう寝ようと思っているところへA君が来て、「先生、俺、母ちゃんのところへ行ってきた」と言う。A君の家庭は、お母さんがもう三年も前におじさんと七つの弟を残して家出されたままだった。「母ちゃんに会って、俺、喧嘩してきた。」

詳しい話は書くまい。ただA君が元旦を、母を捜すために乗った汽車の中で迎え、その日、一日中正月気分の町中を捜し回り、やっと会えたお母さんと喧嘩して帰って来た姿に涙したのだ。

「ぼくがいてんと家がうまくいかないんで、帰ってこおかと思う」と相談に来たのは、去年四月就職したばかりのB君だ。妹さんの就職を心配するCさん。年を取っても一生懸命働いている父ちゃんの今後のことを心配するD君。

もちろん、温かいふるさとの味を十二分に味わって帰ったこどもたちもたくさんあった。

でも、ぼくは思う。家をきれいにしたり、風呂を新しくしたり、ごちそうを作っただけでは解決できないような問題をもってみんなは帰って来たのだ、と。もっとも、そんなことをくどくどと考えて大切な正月休みを無駄にするなんてばかげたことだ、そんな問題はだれに言っても解決できないんだから、せめて帰った時くらいはゆっくり飲んで遊びたい、と思っている人も多いだろう。迎える家のほうも、そんな問題にはいっさい触れないで、ただ楽しい日を過ごせればよいと思われるかもしれない。

でも、それでは福吉の問題も彼らの問題も解決しない。共に〝ふるさと〟を求めなければならないと思う。

なお、正月休み中に、とくに県外就職から帰って来た人たちと話して、いわゆる〝後期中等教育〟の問題を考えてみなければならないと思い、また彼らを迎える家庭の問題、とくに片方の親を失った家庭（福吉では非常に多い）の問題に深く魅せられた。

（一九六八〔昭和四十三〕年一月）

変革の目標とその担い手

筑豊が荒廃していることは、だれの目にも明白である。そこでどんなことが起こっているかは、すでに、文学において、あるいはドキュメントとして、また、演劇や詩、はては絵画に至るまでのあらゆる領域において公にされた。教育という面においても筑豊の特殊性は大いに報告されてきた。そして、それらの表現や報告の最後の部分に、申しわけ程度にほんの少しのページを割いて、将来の新しい筑豊への提案がなされている。曰く、工場誘致、曰く、失業労働者の団結、曰く、地域闘争、はては自衛隊の誘致（?）まで。

さて、現状分析が正確であって、その現状に至った過程が究明されれば、その問題の解決はすでに与えられたと同じだと多くの人が言う。数学の公式ではそうであろう。だが、筑豊の現実の中では、この公式はまったく成り立たない。ある人は、筑豊にこれだけの失業者がありながら、どうして暴動が起こらないのだろう、といぶかって筑豊失業者の特殊性を究明した。だが、その究明したことと、現に存在するそれら失業者がエネルギーをもった存在として、一部の人が言うごとく歴史の担い手となることとは、まったく別のことなのである。

現に、筑豊の現状の分析がほとんど尽くされているのに、新しい運動、新しい組織作りが起こらないという事実がそのことを証明している。

筑豊というものの分析がまだ甘いからだろうか。主義や思想によってものの見方が違うのであってみれば、一つの見方で相当深く筑豊の問題を究明しても、他の見方からすれば、それは甘いということになるのだろうが、そのような眼鏡をはずすならば、それぞれの主義、思想では精いっぱいの究明がなされたのではないか。それにもかかわらず、その明るみに出された現状が変革するに至らないのは、変革という現象が、そういった原因の究明とはまったく違った法則によって行われるからではないのか。この短い文書で取り扱おうとするのは、この変革の問題、特に変革の目標と変革の担い手に関することである。

変革という場合、まず問題になるのはどのような目標に向かって変革がなされるか、ということである。

現状の貧困、現状の圧迫があまりにも激しいため、人々は多くの目標についての考察を十分にすることなく、変革の実践へと歩みを進めた。「とにかく、なんとかしなければ……」という形で起こった変革が歴史上なんと多いことか。そして例外なく、この目標の考察の欠けた変革は、変革ではなく、単なる支配者（もしくは支配階級）の変更のみを残したのである。

（筑豊の将来の問題を考えるときに、常にぼくの頭に浮かぶことの一つは、例の第二次大戦中のドイツ、ヒトラーの残酷極まりない支配に覆われていたドイツの片隅で、ヒトラー亡き後の新しいドイツ再建のプログラムを熱心に組み立てつつあった一群の人々の姿である。彼らはその仕事のために殺されていった。）

さて、どんな目標をもって筑豊の変革がなされればよいかという問題に関して、まず、人間が人間であるがゆえに大切にされる社会であらねばなるまい。

特に筑豊は、石炭に関連するその歴史の中で、人間と人間との間に大きな差を人工的につくり上げてきた。そのことが、実に炭坑の問題の暗さの背景なのだ。だからこそ新しい筑豊は、人間が人間であるがゆえに尊敬される社会でなければならない。この平凡な目標は、現実には大きな問題をはらんでいる。

たとえば、後にも述べるが、明日の筑豊の担い手として多くの人は労働者を考える。日本炭鉱労働組合（炭労）がまだ活き活きとしていたころ、炭労こそは明日の筑豊の担い手であると考え、それに属していることを誇りに思っていた労働者も多くあった。ところが、今日では、閉山炭住の中では炭労の「炭」の字も聞けない（もっとも、あの炭労華やかなりしころですら、炭労の組織にも入れず、圧迫を自分の身一つで受けとめていた小炭鉱《こやま》の鉱夫のことを忘れてはならないのだが）。相次ぐ閉山で働ける労働者が転業していったとき、人々は明日の筑豊の担い手はこどもたちだと語った。「こどもたちのあの清らかな目を見ろ」とその人々は言う。「こどもは他のところも筑豊も変わらない」と言う人もある。その考えの間違いは、そういったこどもの教育に携わっている教師たちの報告を見ればよい。こどもたちの中にも明日の筑豊の担い手たる資格を見つけ出せなくなったとき、人々は、今度はなんと言うだろうか（こどもたちの多くが中学ないし高校を卒業すると、筑豊を後にする事実ともこの問題は重なり合っている）。

閉山炭住に青年のいないことはよく知られていることだが、青年がいなければ、新しい筑豊はあり得ないように語る人も少なくない。

娘、憲子を抱きながら

「こどもだけは」という考えは、まだまだ根強い。そして閉山炭住の保護世帯の多くあるところでは、ちょっとやそっとのことで変わらないことはわかりきっている大人たちとの比較において、こどもたちの未来に希望を寄せようとするのは、感情としては当然過ぎるくらい当然である。

こどもたちの明るい未来を、よし信じるとしても、このこどもたちや、働ける人を中心として、筑豊の明日を描くことは、変革の目標を「人間が人間であるがゆえに尊敬される社会」とするならば、大きな問題点のあることがわかる。つまり、何か未来の希望や、ある特定の能力（働けるということ）のある者によって明日の筑豊を形成しようとする考えの根底には、その未来、その特定の能力が新しい筑豊形成の必要条件であるとする考えがあり、それはまた容易に形成された新しい社会では、その未来、その能力が過大に評価されることになるのである。

働く者のみが新しい社会を作るという考え方は、明日の筑豊を望む者にとっては決して自明の公式ではない。新しい筑豊の社会は、老人も病人も、こどもも、知的障がいのある人も、すべての人々がただ人間であるために尊敬される社会でなければならないからだ。

この新しい社会の目標は、そこへ到達する道をも鋭く限定する。それは決して、働く者だけの団結によって勝ち取られた新しい筑豊であってはならない。こどもたちの未来だけが形づくる新しい筑豊であってもならない。明日の筑豊は炭鉱で片腕をなくしたおじさんや、肉体労働の激しさのゆえに今はセミの抜け殻のようになっているおじさんや、長く苦しい生活のために、精神に異常をきたしてしまったおじさんや、坑内爆発のために夫を失って女手一つでこどもを育て続けているおばさんや、もう長い間、床に就いているおじさん——そういった人々のすべてが、人間であるがゆえに喜び迎えられ、その傷がみんなの傷となって、いやされ慰められるような、そんな社会でなければならないのだ。

人間が人間であるがゆえに、尊敬される新しい筑豊への変革は、だから、あらゆる事柄の担い手によって行われなければならない。

プロレタリア革命は働く人を過大評価しすぎた。その過大評価が革命後の新しい世界でどんな現象を引き起こしているか、それは古い勢力を潰した新しい勢力がまた政権を握ると同時に古い勢力に転落しつつあるという現象である。これでは、その時は改革であっても、長い目で見れば支配者の変更にすぎない。

筑豊の変革がこのような支配者の変更だけに終わらないために、この変革はすべての人が参加しなければならない。

すべての人が参加して行われる変革とはどんなもので、また具体的には何を変えるのか、そしてその場はどこなのか、といった問題が残るが、これは後に触れる。

第二の目標は、正義の行われる社会である。

現在の筑豊を、炭坑がやまって、月をも煙たがらせた煙突がなくなったにもかかわらず、スモッグの立ちこめた陰気な、どす黒い場所にしているのは、そこで行われている不正によってである。そしてその不正が人々によく知られていながら、人々の欲望と相俟って見過ごしにされている事実によってである。

資本主義体制という大きな流れに乗っかって行われている大規模な不正は、ここであげるまでもない。恐ろしいのは、そのような体制の不正を認めて、それに対立している側の不正である。筑豊社会は妥協と馴れ合いの中で言いようのない泥沼にはまり込んでしまっている。人々はそれに気がつきながら、その馴れ合いからあえて離れようとしない。そのような妥協と馴れ合いの中から何が生まれるというのか、筑豊の未来を語る者は、まずこの筑豊の泥沼から自分の足を抜くことを第一とせよ。そうすれば、それがどれほど苦しいもので、そしてそれが新しい筑豊建設のためのどれだけ大切な働きであるかがわかるだろう。百の議論や千の計画を立てるよりも、一つの不正から勇気をもって足を洗い、一つの馴れ合いから身を引くことのほうが筑豊社会建設のため、より重大である。

多くの人は現体制の矛盾を鋭くついて、「であるから」という理由のもとに、明白に悪とわかっているものを見逃そうとする。その例は生活保護の不正受給である。このような馴れ合い、このような正義に対する不感症が寄り集まって作る明日の筑豊は、考えただけでぞっとする。

ここで取り扱いたい問題の焦点は、正義の行われる新しい筑豊建設のためには、その目標達成の中では少々の不正はしかたがないという誤った考え方だ。

たとえば、全日本自治団体労働組合（自労）の問題を取り上げれば、失業対策（失対）という名に甘えて一日二―三時間しか労働しなくて、要求は一人前に働いたかのような顔でする。彼らが指導されている主義からするなら、働いたことが基準になって賃金が支払われるのであろうが、そのことからもはみ出て、彼らは要求する。二時間働いて六時間分の賃金を要求する。もっとも、自労の仕事は、あれは労働ではなくて、救援のための活動なのだ、だから働いた時間と関わりなくお金は支払われるのだ、という理解の仕方がある。この考え方も一理あるが、問題は自労に就いている人々の考え方とそれを指導している人々の考え方にある。彼らは生活保護を受けている人々に向かって「我々は働いている」と言うし、たとえその時間は二時間であったとしても、受けるお金を彼らは、その労働に対する賃金と考えているのではないか。

マルクスはどう言っているのか知らないが、人間がその働いた分量以下しか報いられないことも問題であるが、逆に、働いた分量以上に報いられることも大いに問題である。自労の人々は、この意味では彼らが敵としている資本家と全く同じ側に立っているではないか。なぜなら、資本家は労働者から搾取することによって富んでいるが、自労の人々は資本家や労働者を含めたあらゆる国民や町民から搾取して富んでいるのだから。このからくりを合理的なものにしているのは彼らの主義である、と一般に考えられている。すなわち、彼らは、そのようにすることが資本主義体制の矛盾をさらに拡大し、その矛盾の拡大が革命を生み、新しい筑豊が生まれるとするというのである。

自労は、あまりにも特殊な団体であるかもしれないが、自労の中に見られるからくりは、実に現体制の変改を望み、この正しさのために活動している、諸々の進歩的な団体の中にも見られるのではないか。あらゆる悪の根源を資本主義体制に肩代わりさせて、自分の側の不正には留意しないという恐ろしい誤りである。

正しい目標は、正しい手段によってのみ達成される。これもまた平凡な結論であるが、現実に振りあててみるとき、実にわかりにくい、実行されにくい命題なのである。

いったい、新しい筑豊を望む団体の中で、徹頭徹尾正しさを求めて、正しい方法でその歩みをなしている団体が筑豊にあろうか。妥協と駆け引きと、力のみが横行しているのが現状ではないのか。

曰く、「相手がこれだけ悪辣で、また巧みなのだから、こちら側もそれ相応のことをしなければ」。

曰く、「正しさなんて考えていれば、変革はいつのことになるか、いや、そんな時はついに来ないだろう」。

曰く、「個人個人が正しく生きたって、社会的に不正が横行していれば何もならないではないか。個人が正しくあることが社会を正しくすることだとする考え方は、もう古い古い思想だ」。明日の筑豊は、正義の行われる社会でなければならない。だから明日の筑豊を望む活動も正義をもって行わなければならない。

さて、自労の人々が働いた分量以上の賃金をもらうことに、人間としてのすまなさを感じないで、むしろ誇りとしていられるのは、彼らの主義によってその考え方が合理化されているからだけではない。そうではなくて、働かずして賃金がもらえる状況というのは、自然の人間の欲望にまさに一致した状態だからである。人間の欲望や人間の怠惰に一致した状況であるからこそ、人々はそこで安住しようとするのである。これが筑豊において不正が定着している根本的な原因である。不正こそはわれわれ人間存在の欲望と一致した状況なのである。

このように考えれば、正義の行われる社会とはわれわれ人間存在に反する社会だと言える。人々は「正義の行われる社会」というときに、それは住みやすい社会だと思うかもしれないけれど、本当に正義の行われる社会は、多くの人々にとっては住みにくい社会のはずである。妥協や馴れ合いの中で育ってきた人々には、正義の行われる社会は耐えがたい社会であろう。

ぼくが明日の筑豊は正義の行われる社会であると言うときの状況は、以上のとおりである。それは現在の自分に反する社会である。自分の欲望とは相容れない社会である。現在の新しい筑豊のためのあらゆる活動に、このような認識が明白にあるだろうか。残念ながら、ぼくは否と言わざるを得ない。もしこのような認識がなされているなら、その活動は華々しくはなくても、もっと違った人間存在そのものに触れる運動になるはずであるが、そのような運動の理論をいまだかつて聞いたことがない。

以上述べてきたことで、新しい筑豊の担い手がだれであるかも、ほぼ推察がつくと思う。新しい筑豊の担い手は現在筑豊にいるすべての人である。そして、その新しい筑豊建設のための闘いの場は、一人一人が置かれている家庭であり、職場であり、地域である。闘いの相手、つまり新しい筑豊建設を阻むものは欲望である。正義の行われることを喜ばない不正と怠惰の中で安住することを望む古い自分である。このように見れば、闘いの場もまた自分の中にその最大の戦場があることがわかる。

人々は、この理論を個人の問題と社会の問題を混同した理論だと言うかもしれない。だが、このような自分の欲望に打ち勝つ新しい個人が生まれないところで何が変わるというのだ。しかし、正しさを貫徹する個人は不正の社会からはじき出され、社会は彼と無関係にその不正の理論を展開し続けるだろう。個人が正しくあれば社会が正しくなることを疑わないが、一人や二人の個人が正しくあっても社会が変わらないこともまた、そのとおりだと思う。だからといって、社会に甘えて不正にくみすることに何の意味があるか。個人の正しさが、本当の意味で社会をつくり変え、不正の社会を滅びより救うという認識は、もはや社会科学の認識ではなくて、信仰の認識である。

この信仰の支えなくしては、この理論は実に一種の笑うべき理論であるかもしれない。

町長選挙に思う

（一九六八〔昭和四十三〕年一月）

とにかく多くの刑事が選挙運動の期間中、金田町をブラつき、例によって一票何千円というわさが乱れ飛び、あわただしい選挙風景を醸し出した。福吉の公民館でも両候補が一日違いで個人演説会を開き、相当数の人が集まった。

ぼくはこれまで何回か福吉で選挙を経験してきて、いろいろの感想をもったのだが、その一つに、本当に候補者の意見をじっくり聞いて考えるという努力がほとんどなされていないということがある。「××をよろしくお願いします」というだけで、どんな考えをもって立候補しているのか明白でない。聞くほうも別にそれを聞き出そうとしない。何か裏で、もうはっきりした色分けができていて、表面はただ形式的に行われているといった感じがする。

一人一人の候補者がどんな意見をもっているかを聞くのが演説会なのだが、個人演説会では相手の悪口を言うのが関の山でたいへん聞きぐるしい。今度の場合、吉田さんは現町長でもあり、現在の金田町の具体的な問題が相当話された。福吉の人々から「何々をしてほしい」という要望がたくさん出された。今それを書きとめておくと、何よりも大きいのは鉱害の問題で、吉田さんは、「個人の家だけでなく社宅も復旧工事にかかる見通しが立った。私はこれを福吉の人に対するみやげにしたい」と語られた。それから道路の問題、消火施設の問題、こどもの奨学金のこと等が話された。

対立候補の大島さんの時も同じような内容の話になった。ただ大島さんの場合、現町長である吉田さんに対する悪口が多く、何か吉田さんを倒すことのみが立候補の理由であるかのごとく聞こえた。

ところで、個人演説会ではどうしても候補者を支持する者が集まり、どちらかの候補の個人演説会に集うことが、すでにその候補を支持しているように見られる向きがある。だから地元の運動員は個人演説会に人を集めることが、その力量のあらわれであるかのように考えておられるようだ。

だから、両方の候補者の演説会に顔を出すことは何か申し訳のないことのように考えられ、あるおじさんは「とにかく意見だけは聞こうと思って」と、すまなさそうに弁解しておられた。もともと二人の候補者の意見をよく聞くことが前提なのに、それが申し訳のないことのように受け取られているのだ。

候補者の側にとっても、聞く者の側にとっても、立会演説会を開いて本当に意見を戦わせることが必要であることを痛感し、両候補に立会演説会をもつ意志があるかどうか聞いてみた。二人とも「相手さえよければ」とのこと。それでなんとか実現したいものだと考えて、選挙管理委員会に相談したところ、町会で、立会演説会を開いてもよいことが決められないかぎり、公職選挙法によって、町長や町会議員の立会演説会は開くことができないということであった。

委員会の人は「本当は立会演説会を開くべきなのだが、法律上それができないのだからしかたがない」ということであったが、いろいろ事情を聞いてみると、本気で立会演説会の必要を感じている人は少ないのが実情らしい。その理由は、第一に、小さい町なので、政策や意見を聞いて候補者を選ぶより、親類や、義理や、近所づきあいで決めてしまうことが多いこと、つまり、立会演説会など開いても、それは形だけのもので道化芝居になってしまうということらしい。第二はその反対の場合で、もし本気で立会演説会が開かれる場合は相当の混乱が予想されるということだ。たとえば、今度の町長選挙の場合のように候補者が二人の場合、立会演説会ともなれば動員をかけて、立会演説会自体を一つの勢力争いにする危険性が十分ある。それを警備するだけでも大変なことだ、ということらしい。

そんなわけで、これまで立会演説会が本当に必要だという発言がなされなかったらしい。両候補者も、公職選挙法の規定など調べてみたこともなく、「相手が申し込まないから、これまで立会演説会が開けなかった」ということで、うやむやにしてしまっていたのだ。

ぼくは、公明選挙とか民主主義の第一歩とか言われていることが、まったくの絵空事であることをここでも知らされた。義理や利害を離れたところで、真の民主主義のルールのもとに選挙が行われることは、夢のまた夢だ。

でも、小さいところからでもこの馴れ合いを崩していかなければならない。

（一九六八〔昭和四十三〕年二月）

戦争のうわさ

アメリカの空母エンタープライズの佐世保入港をめぐる日本の防衛問題、また平和運動の混乱、プエブロ号事件をめぐる戦争の予感、まったく一九六八年がどんな危険な年であるかをまざまざと感じさせる事件が続いた。

身近なところに起こった問題を拾ってみても、鵜崎さんに代わった亀井県政が要所要所を押さえながら、ヒシヒシと自民党政府の路線を敷きつつあることがわかる。学校の先生や、福祉事務所で働く人々が、いち早く亀井県政の危険性に直面しておられるようだ。

生活保護の問題も自労の問題も、今後ますます極端な形で問題にされ続けるだろう。

毎日とても寒いので、建材を配達に行く先々で、大工さんや左官さんや人夫のおじさん・おばさんが焚き火をたいて暖を取りながら、いろんな話をしておられるのにでくわす。ぼくもときどきその会話に加わらせてもらうことがある。プエブロ号事件で日本全体が緊張していたころ、あるおばさんはこんなことを言われた。「日本もまた戦争に巻き込まれるに違いない。亭主は戦争にとられてもしかたがないと思っているが、こどもだけはだれが何と言っても、絶対にやらん」と。「亭主は変えられるからな」と聞いていた人の一人が言ったので、みんなで大笑いしたのだが、そのおばさんの顔は真剣だった。それからその焚火の周りでは過去の戦争の経験談、今度戦争が起こったら日本の国は滅びるだろうなどと話は発展した。戦争のうわさがあちらこちらで聞かれる。

いっしょに働いている松ちゃんは、「おれ、今の小学生の男の子の顔を見ているとかわいそうになる。このガキどもが大きくなるころには、ちょうど戦争に出んならんやろうからなあ」と言う。

塾のこどもたちは、「毎日の新聞にベトナム戦争の様子が出ていたのを、どこか遠くでの出来事と思っていたけれど、日本もいつ戦争になるかわからんのやねえ」と話す。

戦争の予感が黒雲のごとく広がっている。

そして二月十一日は二回目の「建国記念の日」であった。この日ぼくは直方バプテスト教会で詩篇第九篇を学んだ。そしてこの詩のテーマが、イスラエルという国の救いにあり、その解決を、神の支配に身をゆだねるということに求めている姿を深く学んだ。このことを除いては日本の国にも救いはない。

一昨年の九月に東京で「紀元節復活反対」の集会が行われ、歴史学者の羽仁五郎先生が講演し、初めに次のように語られた。

「私は、歴史というものがだんだん良くなっていくということに疑問を覚えます。良くしようという力が大きくならなければ、悪いことはますます多くなってくると思う。第三次世界大戦が第二次世界大戦より小さい戦争であろうとは考えられない。現に、第二次世界大戦は第一次世界大戦より小さい戦争ではなかった。だから歴史の必然からいえば、第一次大戦でもう戦争はないと言っていたのに、第二次大戦が起こって、しかも第一次大戦の何十倍も大きな戦争だった。だから、第三次世界大戦は必ず起こる。しかも第二次世界大戦とは比較にならないものが起こる。起きるだろうか起こらないだろうかと思っている人は必ず起こると覚悟されたほうがいいと思う。その必ず起ころうとしている第三次大戦を、自分の力の及ぶ限り防いでいる、毎日防いでいる人間だけが、絶対に起こらないと断言することができる」と。

戦争のうわさはあっても、それを防ぐための働きは、ぼくの周りでは皆無に等しい。羽仁先生の言われるように、自分の力の及ぶ限り戦争を防がなければならない。

その方法は？

ぼくにとっては、聖書を学ぶこと以外にない。一九七〇年は日本の危機だと言われている。その年はもう目前だ。今のうちに聖書を正しく学び、真の力を与えられなければならない。

（一九六八〔昭和四十三〕年二月）

役員問題から

三月は地区の役員改選の時期である。改選は毎年行われるのだが、どうもスムーズにいかない。それで今月は役員の問題をいっしょに考えてみたいと思う。

その前に一年間役員を務めてくださった人々に心からの感謝をささげたい。曲がりなりにも福吉がたいした事件もなく一年を過ごしてこられたのは、役員の方々が縁の下の力持ちになって働いてくださったからだと思う。ただ、ほとんどの役員さん方が「こんな役はもう今年だけで十分だ。来年度は他の人に代わってもらわなければ」と言われるのを聞くと、悲しい。確かに役員というのは世話のやける大変な仕事なのだが、だからこそ、だれかがやらなければならないと思うのだが。

ぼくの見るかぎりでは役員の問題は次のようなところにあると思う。

まず第一に、たとえだれが反対し、どんな面倒なことが起こっても、福吉のために働こうと思って役員になる人がほとんどいないことがあげられる。

これは重大なことで、そのような積極的な考えがないので、そこから多くの問題が起こってくる。たとえば、これは今年度も何回となく表面に出たことであるが、理由はどうであれ、「そんなら俺は辞める」ということがすぐ口から出ることだ。「俺だって好きでやっているのではない。ある程度自分の家のことを犠牲にしてやってきたのだ。それなのにあんなにまで言われるなら辞める」と。

また、積極的に福吉のために働こうと思っていない人は、ただ今までやってきたことをなんとか維持すればそれで十分だと考えられる。これも何回も問題になったことだが、「その行事は年間行事に入っているから、しなければならないが、それは入っていないから……」という議論がそれである。

ぼくは本当に公民館活動が活発になるためには積極的に働こうとする人が必要だと思う。そんな人が一人でも増えれば、福吉はもっともっと変わってくる。しかし現実にはそんな人はいない。そんな現実の中で公民館活動は行われているのだ。

二つ目の役員の問題は、たとえ自分が積極的でなくても、もしそばの人が積極的に支援してくださるならば、役員の人も積極的にならざるを得ないのだが、そんな支援は皆無であることだ。

総会を開いても人は集まらない。何か会を開こうとしても、結局集まるのは役員だけ、一つのことを決めるのに会が何回流れることか、それだけならまだしも、良くてもともと、ちょっと失敗でもあろうものなら、非難ゴーゴー、これでは役員のなり手がないのも当然だと思う。

こう考えてみると、福吉を良くしようなんて、だれも本気で考えていないのだと思わずにはいられない。福吉のことより自分のこと、自分の家庭のことだけが問題なのだ。

ぼくは、福吉が良くならないで自分や自分の家庭だけが良くなるなんてことはあり得ない、と叫びたいのだが、このことはなかなかわかりにくいことらしい。それはぼくらの生活が非常に利己的になっていて、それ以外の生活を考えることすらできなくなっているからだと思う。

最近、岩波新書で出た『自分たちで生命を守った村』（菊地武雄著）という本を読んだ。この本には、雪で閉ざされた岩手県の沢内村という一つの村で「乳児死亡率ゼロ」「乳児、老人への医療費十割給付」を実現するまでの闘いの跡が興味深く書かれている。深沢さんという一人の村長さんの指導のもとに村全体が変わっていく様子が描かれているのだが、その村人たちはみな、「村のことは自分のこと」と考えている。ある老人は「長生きをして良かった。自分のこどものころは医者にかかれるのは金持ちだけだったが、今では自分のような者までこうして無料で診てもらえる」と感謝しているのだが、この人は「村が良くなることは自分が良くなることだ」と心から感じているに違いない。こうなるまでには、長い闘いがあった。その闘いの中でこんな実感が生まれてきたのだ。

（一九六八〔昭和四十三〕年三月）

仕事とは

「月刊福吉」二月号で、ぼくが香月建材店を辞めたことを読んで、森田克己君が次のような手紙をくれた。

「日増しに春らしくなりましたが、「月刊福吉」どうもありがとうございました。桜の花もちらほら咲きかけて、やがて花見の時期ですね。今年も一七名の人たちが卒業し、新しく社会に出たわけですね。先生、この一七名の人が何事にも耐え、そして人生の表道を歩くことを祈ってやりたいものですね。

それからぼくですが、一年間働いて決心しました。絶対に人生の裏道なんて歩きません。これは先生に誓います。働きながら援助までしてもらって生活するなんて嫌です（病気の時はしかたありませんが）。

話はそれますが、ぼくは今自分の仕事を最後までやり通すつもりです。でも、先生は香月建材店を辞めたそうですね。理由は「月刊福吉」を読んでわかりましたが、ぼくは先生からいろんな良いことを聞かされてきましたが、その先生がなんでそんなに職業を変えるんですか。聖書研究会のこともありましょうが、でも、ぼくはそれだけのことじゃないと思うんですが……。先生、一つ詳しく書き教えてくれませんか（もし聖書研究会のことだけなら、本当に先生が聖書の良いところを教えようとする気持ちがわかります）。先生、生意気なこと書いてすみません。

堅苦しいことはこのへんにして、ぼくは免許に合格しました。今月の二十九日には免許証が来ます。今からは安全運転で頑張りたいと思います。今度事故に遭えば、あの世行きかもしれませんね。

あまり長くなるとなんですから、これで失礼します。体には十分気をつけてください。素子先生によろしく。義一君にも。」

森田君が「月刊福吉」を大切に読んでくれていることを知って、とてもうれしかった。それとともに森田君の疑問がまったく当然なもので、今年も県外へ就職したこどもたちにできるだけ仕事を変わるなと、くどいほど言ったぼくが、三年間に二度も職を変わっていることは、一度はっきり説明しなければならないことだと感じた。森田君宛の手紙は長いものになったので、その要点だけを次に書くと、

(1)ぼくの仕事についての考え方は矛盾だらけで、自分でもこれでいいのだろうかと思うことがたびたびある。だから、仕事についてのぼくの考え方を人に押しつける考えは毛頭ないし、ぼくは自分が特殊な立場にあると思っている。

(2)ぼくは、森田君が大工という仕事を選んだように「福吉」に就職した。「福吉のために働く」というのがぼくの仕事だ。

(3)ところが、普通の仕事と違って、「福吉のために働い」ても、だれも給料をくれない。ぼくも働くために食べていかなければならないから、どこか他の所で働かなければならないことになる。

(4)だから、「福吉で働く」ことが中心で、それに合うような職業を選ぶことになる。なるべく「福吉で働き」やすくなるようにと考えるので、今後も何度も職を変えるかもしれない。

(5)仕事には仕事のルールがあって、そこでの責任と義務とを果たさなければならない。ぼくも、たとえ食のために働いているとはいっても、仕事のルールを無視しているわけではない。過去二つの仕事でも常にそのことを考えていた。しかし、結果的にはやはり無責任にならざるを得ない場合も多かった。

(6)「福吉のために働く」という場合、ぼくにとって第一のことは聖書研究会であって、その準備が思うようにできなくなったというのが香月建材店を辞めた最大の理由だ。

(7) ぼくにとって、いわゆる仕事にしがみつくなんてことは考えられない。仕事よりもっと大切なものがあるのだ。

はなはだ不十分で、森田君にわかってもらえるだろうかと心配していた。折り返し彼から来た手紙はぼくを喜ばせた。

「お手紙拝見いたしました。さっそくですが、一口で言ってやっぱり先生は、ぼくの思っていた先生でした。どうやら今までよりも先生が好きになれそうです。先生が職を変えるのも無理ないと思いました。だって先生は福吉の人を良いほうへ導こうとしてるんだからです。ぼくはそれだけで先生こそが真の教育者だと思います。今の教師なんか金もうけみたいですからね。この生徒たちはここまで教えれば、それでいいなんて思っているかもしれません。

文で書くと、どうも言い表しきれないですが、先生の言いたいことがわかったような気がします。だから文に肝心なことが書かれていないと思っても、さっき書いたように言い表しきれませんからご了承ください。

先生の手紙を読んで、職業についてのぼくの考え方がだんだん動いていくようです。今までぼくの職業についての考え方は、一つの職についたら途中で辞めず、最後までやり通すんだと思っていました。先生は「今の職場で最善を尽くすことです」と書いていましたね。ぼくもそうしたいのです。だけど、手紙を読んで職業より大切なことがあるんじゃなかろうかと思いました。だけど今のぼくはまだそんなことを考えず、一生懸命働き、この状況なら何をしても安全だという日が来たら、その時またゆっくり考えようと思います。

だからその日まで、ぼくも先生が言ったように職業より大切なことができるように、なんでもぶつかってみようと思います。

そんな問題ができれば、ぼくも職業を変えるかもしれないですよ。職を変えるなんて母さんに見つかれば、きっと叱られると思います。だけど母さんとも相談すれば、きっとわかってくれるはずですね。まとまりがありませんでしたけれど、本当に先生の言いたいことがわかったような気がします。ぼくもそれをかみしめて一生懸命働きますから、どうぞご安心ください。簡単な文になりましたが、どうぞあしからず。」

それぞれの職場で働いている皆さん。自分にとって仕事とはいったい何か考えてみませんか。森田君の手紙を紹介したのは、皆さん一人一人に考えていただきたかったからです。きっといろんな意見が出てくるだろうと思います。できればハガキにでも感想を書いて送っていただくとうれしく思います。楽しみにしています。

（一九六八〔昭和四十三〕年四月）

靖国神社国家護持に反対する

ぼくの大学時代の友人に、ガールフレンドを何人かもった男があった。一度に何人ももつというのではなくて、一人の女の人とある期間交際すると、次の期間はまた違った女の人と交際するというように、時間をずらして何人かの女の人とつきあってきたようだった。

ある日、彼の部屋へ行ったら、彼、一生懸命アルバムの整理をしていた。それも、たまっている写真を整理してアルバムに貼っていくというのではなくて、すでにできあがっているアルバムから何枚かの写真を抜き取って、違った写真を貼っていくというふうであった。

真剣にその仕事をしている彼の様子をしばらく見ていて、彼が何をしているかがわかった。新しい女友だちとつきあうようになって、そのつきあいを進めていくうえに邪魔になるような以前の写真（多くは、以前の女の人とのつきあいの写真）を自分のアルバムから抜き取って、その代わりに、つきあいにプラスになるか、あるいは少なくとも無害な写真を貼っているのだ。

ちょっとした経験だったが、ぼくは、歴史を勉強したり、たとえば日本の国の歩みを考えたりするときには、いつもこの経験を思い出す。過去の何冊かのアルバムは彼の歴史だけれど、現在の利益のために、その過去の歴史が変えられるのだ。それもおそらく、現在の状況が変わるたびに何回でも。まさに「歴史は書き変えられる」のである。

過去に本当に素晴らしいものとして評価されていたものが、現在では色あせたものとして、そのアルバムから抜き取られることがたびたびある。反対に、過去においては、ほんの脇役として、あるいは主役を引き立たせるための悪役としてのみ画面に現れていたものが、今度は主役として堂々と現れることもある。過去の歴史は、そのものとしての意味と同時に、現在の状況における視点が非常に重要である。

一般の人にはあまり知られていないようだが、「靖国神社国家護持法案」が過去何回か国会に提出されようとした。この法案は、現在は一宗教法人である靖国神社を宗教法人の枠から離して、直接国家が護持することを目的とする法案で、自民党や日本遺族会によって、強力にその立法化が願われている。

キリスト教関係の人々が（他の宗教の人々も）これに反対して熱心に反対運動を進めている。一般の人々はこれを宗教の問題だとしてあまり関心を示さない。しかし、これは多く宗教の問題であるよりもむしろ政治の問題、日本の国の歩む道の問題である。

戦争が終わって、平和憲法が与えられたとき、「主権在民」「戦争放棄」「基本的人権」とともに「多くの自由」が主役を占めていた。そんなときには「靖国神社」を国家で直接護持するという考えなどはほんの脇役にすぎなかった。ところが、戦後も二十年を過ぎると、今まで脇役にすぎなかった「靖国神社国家護持」が、「自衛隊」や「反動教育」といった悪役とともに主役に返り咲こうとしているようである。

戦後から現代への歩みの中で、日本はいったい何人の友だちとつきあってきたのか、そして今はまたどんな友だちとつきあおうとしているのか。日本の過去のアルバムから「戦争放棄」や「自由」や「基本的人権」といった写真を抜き取って、「自衛隊」や「建国記念日」や「靖国神社国家護持」といった写真に貼り替えさせるその相手とはだれなのか。

日本の国のために戦って死んだ人々を祭る靖国神社を、国家自らが護持するのは当然である。「お前は戦争で死んだ人々を蔑ろにするのか。」 日本遺族会の人々はこう言うかもしれない。問題は決して簡単ではないが、少なくとも、もう一度戦争へ追いやるような形で戦死者を祭ることは、それこそ蔑ろにしていることだということと、この問題が他の問題と同様、戦死者を大切にするという形を利用して、ある目的を遂行する手段に使われていることははっきりしている。

（一九六八〔昭和四十三〕年四月）

キング牧師を悼《いた》む

ぼくはあなたに直接お会いしたことはない。
でも、あなたの姿はぼくの前に常にある。
ぼくがあなたのことを知ったのは
岩波新書の『自由への大いなる歩み』であった。
その中であなたは

「敵を愛すること」
「神の義を信じ行うこと」を
命がけのその行動で教えてくださった。
アメリカという国のことを思うとき
ぼくはまず
あなたの顔を思うようになった。
あなたは非暴力を力強く説き
愛こそが最後の勝利であることを
教えてくださった。

あなたが、憎しみ、命がけで闘われた
その暴力によって倒れられたとき
あなたを愛してやまぬ人々が
涙をぬぐって、立ち上がった。
新聞やテレビは、アメリカの国が
非常事態にあることを伝える。

いきりたったあなたの友が
あなたが身をもって示された
愛の道から離れて
「結局、暴力には暴力しかない」
とばかり、立ち上がった。
最近の黒人解放運動が
暴力肯定の風潮になりつつあることを
ぼくは知っている。

そんな中で
あなたがどんな姿勢であられたか
ぼくは知らない。
あなたは、一つの事件
一つのデモ参加、一つの講演によって
自己の思想を発展させ
信仰をますます強いものにしてこられた。
だから、死の直前

あなたがどんな姿勢であられたか
あとから知る以外、ぼくには許されていない。

それはともかく
あなた亡きあとの
黒人解放運動が行く道を案ずる。
でも、神様が
あなたを立てて用いられたように
きっとだれかを立てて
あなたが掘り起こされたその真理を
アメリカの上に掲げさせられる、と
ぼくは信ずる。

日本の、九州の、この閉山炭住で
一人の女子高校生が、あなたの死を聞いて
涙を流して言った。
「私の尊敬する人は

こうしてみんな死んでいく
結局正しいことが負けて
不正や不義がはびこるのだ」と。

ぼくはそうは思わない。
あなたがキリストを信じられたその時に
いやそれ以前に
神はあなたを、このように用いようと
計画されたに相違ない。

あなたは死ぬことによって
生きている時以上に
語り出されるに違いない。
あなたの死は偶然ではなく
必然であったことが、ぼくにはわかる。
ちょうどイエス様の死が必然であり
ステパノやボンヘッファーの死が

必然であったように。

イエス・キリストを信ずる道は
時代や、国が違っても
常に殉教の血でそめられていることを
あなたもはっきり証ししてくださった。

イエス様の十字架と復活の後に
真の伝道が始まったごとく
あなた亡きあとに
真の平和への運動が始まると確信する。

それはしかし
きっと細々と地味に行われよう。
表面は、あなたの死を利用して
力に対して力で報いる
あのどちらにとってもマイナスの

そして何ら価値あるものを生み出さない
暴力的運動が幅を利かすに相違ない。

あなたの唱えた道はふさがれ
あなたの生涯は無駄であった、と
人々が言う時が来るかもしれない。
でも、あなたは、アメリカという国で
世界に対してはっきりと
一つの基礎石を固めてくださった。
それは「愛の勝利」であり
「非暴力への讃歌」である。
たとえ、この基礎石がどろをかぶり

雑草がその上にはびころうとも
この基礎石は存在し続け
神様が用いられることによって
基礎石としての本来の働きをすると

ぼくは確信する
少なくともぼくは
あなたの基礎石の上に
自分の生涯を置きたいと願う。

（一九六八〔昭和四十三〕年四月）

非行

福岡県教職員組合が『政治の谷間の子供たち――産炭地の子供と教育』という本を出した。過去三年間（一九六四〔昭和三十九〕年、一九六五〔昭和四十〕年、一九六六〔昭和四十一〕年）に発行された産炭地白書〝教師は訴える〟をもとにして編集されたもので、たいへん素晴らしい本である。

その中で特に筑豊のこどもたちの「非行」の傾向と質的変化を分析して、次のように書かれている。

(1) 非行年齢の限界が次第に低年化するとともに、リーダーの指揮のもとに集団が統一して行動を取り、集団から離脱しようとすれば、リンチなどの手段が取られる例がある。

(2) 不純異性交友が増加しているが、この原因は、家庭から逃避しようとする傾向が、読み物や映画の影響から享楽本位になることにある。中学生で金品の受け渡しも行われている。

(3) また、新校舎、公共物に理由もなく石を投げてガラス窓を割ったり、花壇を意味もなく荒らしたりする例がある。

(4) 空き家に入って火を燃やして遊ぶとか、山に洞窟を作って、その中で男女の中学生が夜明かしをして遊ぶ等の例がある。こうした際、酒やビールを飲んだり賭博に興じたりしている例もある。

(5) 窃盗にしても、中学生の男子がパンティの干したものを盗むとか、女子がヘアバンド、ペンダントを盗むとか、非行傾向が異常である。

(6) また親から逃避しようとする傾向が増大し、家出、放浪が増加している。しかも非行、夜更かし、成績不振などの件で親から叱られるという理由で家出したり、高校生に誘われて遊んでいた、と言って友人の家を泊まり歩いたりしている。

このまとめを読みながら、ぼくは一つ一つ福吉の現実でもあると強く思った。このような傾向が筑豊全体の底流にあるのだ。

以上のまとめの後、この本は、このような「非行」を引き起こしている事情についての教師たちの分析を載せている。

(1) 愛情に飢えていて、冷たく、人間らしい温かさや考え方を失っている。

(2) 強い劣等感をもち、卑屈な行動が多い。

(3) 性格がゆがんでいて、衝動的な行動が多い。

(4) 何でも投げやりで、無気力、ボンヤリしていることが多い。
(5) 利害関係には敏感である反面、利那的で消極的である。
そして結論的にはこう主張されている。

「おおかたの教師が一致して指摘するのは、特別な事件をのぞけば、産炭地で起こっている『非行』や子供の問題は、直接的には家庭の条件から起こっている。それも貧困家庭に多く、毎日の生活に追われてこどもの面倒まで見る余裕がない、あるいはしつけのまずさや間違いから親と子供の心のつながりが切れている、等によるものだということである。

しかし現在では、以上述べてきた『非行』よりもさらに恐ろしい状態が出てきつつある。それは、『非行』でない『非行』、つまり完全な人間喪失である。

教室では何もせず何も語らずぼんやりと一時間でも二時間でも座っている。運動場に出ても、ぼんやり立っている。家ではねている。要するに何もしない。何も感じなくなっている。『非行』と呼ばれる行為すらやる気力もないのである。

生活保護一〇年や一五年と続いている家庭で親自身が全く無気力になっている。そしてそんな家庭にこうした子供が増えている。」

福吉の家庭の人々はいったいこの報告をどう読まれるだろうか。自分のこどももまたこんな現状にある事実をはっきり知るべきだと思う。ただ、この本は筑豊のある部分を意識的に強調しているのであって、筑豊でも一方では都会と変わらない進学競争が浸透しつつあって、学校教育が二極分解を起こしているのが現状である。また、必ずしもこの本が主張するように、教師がこどものために一生懸命であるとは言えない現状でもある。

（一九六八〔昭和四十三〕年五月）

Sさんとの対話——学園のこと——

犬養先生、遅くなって申し訳ありません。先日はありがとうございました。こんな遠く離れた私をも心にとめてくださること、感謝でいっぱいです。

早く書きたいと思っていましたが、感情的になってしまう自分がイヤでした。

最近私は疲れています。いろんなことが重なって、ときどき自分を疑うほどです。仕事も以前ほどの素直さをもってやれません。会社への怒りが私を締めつけています。不満だらけなのに、具体的には何一つとして行動に移せない自分がいらだたしくてなりません。

金もうけのために、同じ人間が、どんな方法で利用され、軽んじられていることでしょうか。それが直接自分に結びついていないにしても、見ている私には耐えられません。そして、それが私にとって無関係だとは信じられません。

先日、私は一時間仕事を抜けました。就職して以来、一日も休んだことのない私でしたが、抑えきれなかったのです。混乱して、どこをどう動いているのかもわからず、頭がガンガンして、「とてもやれない」と思ったのです。だのに、私ときたら、「一時間ほど休ませてくださ い」とやはり断りに行くんですから、弱さを認めざるを得ません。

学園にしても結局会社の打算にすぎません。学園創立の根拠がわかりかけた今、それを何よりの拠りどころにしてきた自分が惨めです。

先生、社会とはこれほど醜いものでなければいけないのでしょうか。学園生の中には心からの感謝をもって学んでいる者がいるのです。私だってそうでした。その裏切りが彼女たちをどんなに悲しませるか一度として考えたことがあるでしょうか。

そして、それをとっくに知っているはずの教師でさえ完全にマヒしているのです(もちろん、生徒の中でも少ないと思います)。多くの人は「どうしようもない」とか「適応性が必要だ」とか、卑怯な言葉でごまかしています。自分自身をもごまかして生きているのです。

先生、いつも思い起こされるのは「義《ただ》しさの中で生きる」という言葉です。

今の私は決して義《ただ》しくありません。弱い私です。でも先生の姿を忘れません。

聖書をもう一度読み直してみたいと思います。今、市内にある伝道館へ行っています。週に三回ですが、私なりに学びたいと思います。何もかも捨てて祈れる自分になりたいです。

一〇人足らずしか集まらない小さな教会ですが、むしろ親近感を覚えます。教会に行くことによって、仕事の上にも、学園の上にも問題が起こってきましたが、今はただ自分に素直でありたいと思っています。望ましい道が開かれることを信じたいと思います。

先生、弱い私を今後もどうか勇気づけてください。教会の方たちは「職場を変えることも考えていいのではないか」と言います。でも、私にはやはり割り切れません。たとえ望ましい職場に入っても、多くの問題から逃亡したことに変わりはないのですから。やはり生き続けたいと思います。

思うように表現できないのが悲しいですけど、やっと書けたという嬉しさです。長い間のご無沙汰をあらためてお詫びします。それでは先生、暑くなりますが、お身体を大切に。素子先生によろしくお伝えください。「月刊福吉」を楽しみにしております。　S

〔以下はぼくの返事〕

お手紙拝見。自分の置かれた場でいろいろな矛盾を知りながら、悩み、それでもなんとかそこで生きていこうとしておられる姿を知って、嬉しく思います。他の場所にいる者には判断することのできない複雑な問題がいっぱいあるのでしょうね。

手紙を読んでいて、きっと、Sさんは自分では自分の弱さにやりきれなさを感じておられるのでしょうが、読んだぼくには、Sさんはずいぶん強くなったと思われました。

ところで学園のことですが、Sさんの失望がわかるような気がします。結局、会社に都合の良いようにしか考えない学園のあり方に（きっとそれが創立の根拠だったのでしょう）問題を感じ、イヤ気がさしたのだと思います。純粋に学ぼうとしている者にとって、その失望は大きなものでしょう。そしてSさんの行っている学園のような型の学校が全国にたくさんあるのです。そこでは本当に人間としての成長が願われているのではなくて、結局のところ、会社の利益のためにすぎないのです。知らずしてそのようなごまかしの教育を受けている（しかも心から感謝して）若者たちを見ると、なんとも言えない気持ちになります。そして知っていいてそのような教育を施し、「きみらのためだ……」と公言して憚らない人々の存在を心から憎みます。

でもSさん、公立だと言われる普通の学校でも同じことで、その影響が直接にはないけれど、結局はこの時代に都合の良い人間をつくり出そうと仕組まれた中でしか、日本の教育はなされていないのです。本当に恐ろしいことです。

Sさん、こう考えればバカらしくって勉強なんてしようとする気持ちも吹っ飛んでしまって、何をしたらよいのかわからなくなってしまうのですが、ぼくは今ではそんなカラクリを十分知って、それでもそれを利用できるだけ利用すべきだと思っています。

最近、岡村昭彦という人の書いた『続・南ヴェトナム戦争従軍記』（岩波新書）という本を読んで、多くのことを教えられたのですが、その一つに次のようなことがあります。

「ここで一人の不思議な男に会ったのも、やはりそのときであった。彼は自転車の荷台に二人の子どもを乗せ、バスで到着する友人の家族を待ちつづけている兵士のそばに足をとめた。どこかインテリくさいこの男は、これからベンカットの町へ買物に出かけるところだった。

『あすはサイゴンに帰らなければなりませんので、今日一日だけが子どもと一緒におれる日です』背広のズボンに白いワイシャツ姿の彼は、私の質問に気軽に答えた。『サイゴンでどんな仕事をしているのですか』『私はサイゴン政府の役人です』彼はいたずらっぽくそういった。そして、どのようにしてサイゴン政府と解放戦線の双方で働けるのか、という私の幼稚な質問を笑った。『それは簡単なことです。もし解放戦線が私を呼べば、休暇をとってバスで帰ってきます。そして武器をもらって戦争にゆきます。今年はこの友人と一緒にビンジアの戦闘に参加し、オーストラリア人の記者の護衛をしました』彼はそばの兵士と顔をみあわせて笑った。彼ら二人が解放戦線の戦友であったとは、まったく思いがけないことであった。ジキルとハイドなどと私は自分の行動を深刻がっていたが（注＝岡村氏が従軍記者として、今日はアメリカ軍とともにあり、明日は反対に解放戦線とともにあることをいったもの）、彼に較べればものの数ではない。そしてこれこそ革命というものなのだろう。敵と味方は無限に複雑な錯綜をくりかえし、一人の人間の中にさえ敵と味方が共存しているのだ。ジキルとハイドという自己分裂ではなく、ジキルの中にハイドが生き、ハイドの中にジキルが住んでいるのだ。解放戦線対サイゴン政府というような単純な図式では、けっして解放戦線もサイゴン政府もとらえられないし、南ヴェトナム戦争もとらえられない」(一三四―一三五頁)。

Sさん、ヴェトナム戦争のことをここで云々《うんぬん》しようとしているのではありません。ただぼくは、南ヴェトナム解放戦線の人々があの戦いを進めていくのに、その養分を敵から得ているという事実に感動したのです。解放戦線に属するサイゴンの役人の例はその一つです。

学園のカラクリを十分知りながら、そこから養分を吸い取ることは不可能でしょうか。ぼくは自分の生活の周りを見回してみても、そのことを強く感じるのです。生活保護の問題もこの観点から新しく見直してみようと思っています。

ただその場合、かの解放戦線の兵士が「もし解放戦線が私を呼べば、休暇をとってバスで帰ってきます」という行動ができるということが大切です。つまり、何のために養分を吸っているのかが大切なのです。ぼくは養分を与えてくれるものに、今の日本は事欠かないと思うんです。ただその養分を吸って、そのために蓄える、その目標がまったく欠けているのです。生活保護の問題でもスローガンとしては目標が掲げられていますが、現実は自分の利益のため以外ではないのです。

Sさん、ぼくは、聖書が「あなたがたの国籍は天にある」と語り、「この世の寄留者だ」とキリスト者のことを語っているのを思い浮かべています。解放戦線の人々にとってサイゴンの役人としての生活が仮のものであるのと同じく、ぼくたちにとってはこの世全体が仮のもの、そしてぼくたちの目標もはっきりしているのです。

どうです、Sさん、ぼくらの周りのすべてが敵の物で、敵に都合の良いように動いているとしても、あるはっきりした目標をもっていれば、それをどんどん利用できるのです。

もっとも、実際には、原則としてはそうであっても複雑な問題が入りまじって、そんなにすっきりしないものです。でも、基本的には以上のように生きられると思うのですが、どうでしょうか。

それから、一時間仕事を休むのに、「一時間ほど仕事を休ませてください」と断りに行ったことを、自分の弱さとして感じておられるようですが、ぼくはそんなSさんのあり方を素晴らしいと思います。かのサイゴンの役人も、「もし解放戦線が呼べば、休暇をとってバスで帰ってきます」と語っています。それは、たとえ仮の場であっても自分の持ち場にははっきりと責任をもつということであって、責任をもつなかで人間としての権利を主張していく苦しい闘いをしなければならないのです。権利の主張は苦しい闘いを通してのみ可能なのです。社会の構造的な不義や、学園の間違ったあり方や、会社の利益中心的な考え方を知れば知るほど、そんなところで、文句も言わずに働いてきた自分が情けなく、あわれに見えてくるものなのですが、そこで考えなければならないのは、それではそれら全部を否定して、いったいどんな闘いをしようとするのかということです。それは結局自分を破滅させていくだけではないでしょうか。ぼくは、明らかに自分の生き方としてついていけないことがはっきりし、それが問題になって、どうしてもそこにいられないことになるまで、今置かれている場にとどまって闘うことをすすめます。そのことは伝道館の人々のすすめについて、Sさんが自分の意見を述べておられるので、きっとわかってもらえるだろうと思うのですが、その方針を貫いてください。

しかしその道は、「どうしようもない」とか、「適応性が必要だ」とかいう妥協の道ではありません。そうではなくて、本当の闘い、本当の改革の道なのです。

長々と書きました。ここに書いたことは、ぼく自身の問題で、今、ぼく自身がとっている生き方です。ものを考え、この時代を誠実に生きようとする人間の共通の課題ですから、Sさんも自分の場で、ぜひこの問題と取り組んでください。そして、Sさんの闘いをときどき知らせてください。楽しみにしています。体には十分気をつけて。（一九六八〔昭和四十三〕年六月）

かわいそう

むのたけじ・岡村昭彦の対談『一九六八年――歩み出すための素材――』（三省堂新書）を読んで、ぼくの姿勢がどんなにいびつであるかを知らされた。

岡村昭彦氏は『続・南ヴェトナム戦争従軍記』の中で、「同情は連帯を拒否したときに生まれる。この可哀想というみせかけの言葉で、日本人は未解放部落の差別も、沖縄の現実も、在日朝鮮人問題も、筑豊の炭鉱失業者の苦しみも、すべてその本質を追求せず、都合よく忘れ去ろうとしているのだ」（一〇四頁）と語っておられる。その「かわいそうだという同情」がどんなにぼく自身の体質になってしまっているかを知らされたのだ。

対談では次のように語られている。

「毎日新聞」にヴェトナムの解放区の農民がアメリカ軍に目隠しをされて連れ去られる写真が出たところ、あるお母さんが、「私はその写真をみて、いたたまれない気持ちになった。かわいそうだ、私は同じような子どもをもっているんだけど、早くヴェトナムが平和になって、そして私の子どもと同じようにお菓子を食べさせてあげたい」と書いたというのだ。岡村氏は、「ばかも休み休み言え。ヴェトナムの子どもたちは日本製の武器で殺されているのだ。彼らはお菓子なんかもらおうと思っていない。独立を求めているのだ」と怒っておられる。

こどもたちも同じように考えて、「ヴェトナムの子どもたちはかわいそうです。ぼくは平和な日本に生まれて、こんな幸福なことはありません」と言う。「こんな子どもはぶんなぐり、蹴《け》とばして、筋肉の記憶で教えてやらなければだめだとまで思うんです。たいへん病気は重い」と岡村氏は言う。

この母はぼくの母ではないか、この子どもはぼく自身ではないか。そしてその病気の重さを思うとき、岡村氏の荒治療の叫びがよくわかる。

どうしてこうなるのかを説明して、

「このかわいそうという同情の資本論、同情によって盛んに余剰価値を再生産し、差別を再生産していいます。このかわいそうという考えかたは、子どものとき、まだ批判力のできないときに、親が頭脳に彫刻してしまうんだ。

『おかあさん、どうしてこういうおかずしか、うちにはないの?』と言うと、『お前、おとうさんが一生懸命に働いたって、これしか食べられないのに、これですら食べられない人があるんですよ』と言っておこるわけですよ。すると子どもは愛する親が言うんだから、それが正しいと思う。

『そうだね。お父さんが朝から晩まで働いたって、これしか食べられないのに、ぼくはわがまま言ってゴメンネ。うちは食べられてよかったね』なんて言うんです。すると子どもが利口でかわいくみえる。じっさいにはその子どもは、食べられない人があるから、はじめて幸福感を味わっているんです。こんな恐ろしいことを親が教えているんだ。

『他人の不幸を喜びなさい』、『りっぱに、他人の不幸で食っていける、そういう国のすばらしい日本人におなりなさい』、『佐藤首相のようにおなりなさい』 こういうことを教えてるんですね」(六八—七〇頁)。

学生のころ、筑豊に接して初めて、今までぼくなりに精いっぱいに生活してきたそのことが、どれほど筑豊の人々の犠牲の上に乗ったものであるかを知って驚いたのだが、そんな気持ちを教会の友人に語ったところ、「きみは普通に生活していることがいけないと言うのか、普通に生活していることが罪だと言うのか」と反問されたことがあった。普通に、それなりに正しく生活していると思っているそのこと自体が、非常にいびつであることをなんとしても知らなければならない。

現実に触れることによって、ぶんなぐられ、蹴とばされることによって知らねばならない。また、イエス・キリストの生涯、十字架と復活を仰ぐことによって、もっと徹底的に知らされなければならない。

（一九六八〔昭和四十三〕年六月）

特別にすること

マーティン・ルーサー・キング牧師は、その最後の著書『黒人の進む道』（猿谷要訳、サイマル出版会）で、あるところまで黒人とともにその解放運動に参加してきた白人進歩派（と自称する人々）の錯誤を指摘して、次のように言う。

「……人に当然与えるべきものを与えるということは、その人に特別な待遇を与えることを意味することもあるのを理解するのは、重要なのである。多くの白人進歩派にとってこのことは、個人の長所に従って平等の機会と平等の待遇をうけるという自分たちの伝統的な理想とそれが矛盾するので、まったく厄介な概念であったという事実を私はよく承知している。しかしいまは、新しい考えが要求され、古い概念の再評価が要求されるときである。何百年にもわたって、黒人にさからった何か特別なことをしてきた一つの社会は、いま黒人のための何か特別なことをしなければならない。黒人が正しい平等な基礎の上に立って競争することができるようにするために」（九六頁）。

キング牧師はほかの本でも、この同じ理論をもっと詳細に述べたあと、インドの不可触賤民（ダリット）の問題がどのように取り扱われているかについて、ネール首相から聞いた話を付け加えている。

「インドの憲法には、不可触賤民に対する差別は犯罪であり、刑罰に値することが明記してある。それにインド政府は毎年、何百万ルピーもの大金をつぎ込んで、不可触賤民の多い村落の、住宅および就職事情の改善に乗り出している。そのうえ、もしも大学入学希望者二人が一つの席をめぐって競う場合には、一人が不可触賤民、他の一人が上流階級のものであれば、大学は不可触賤民のほうを入学させなければならないのです、とネール首相は語った。

インタビューに同席していたローレンス・レズイック教授が尋ねた。

『それも差別ではありませんか』

『そうかもしれません』

とネール首相は答えた。

『しかし、これが何世紀もの長いあいだ不可触賤民に対して犯してきた不正を償う我々独自の方法なのです。』」

このキング牧師の指摘は、ぼくに「差別とは何か」「平等とは何か」「不正とは何か」を深く考えさせた。筑豊の現実に目をやるとき、状況は異なっても、本質的には同じ問題が横たわっている。そしてぼくは筑豊の問題に「白人進歩派」としてしか関わってこなかったことを反省せざるを得ない。

ぼくは、上野先生が筑豊の人々に甘いことをたびたび指摘した。それが筑豊の人々を逆の形で差別していることも語った。それはまったくローレンス・レズイック教授の質問と同じであった。ぼくは自分の関わり方の大きな誤りを反省しなければならない。そして、このことは今まだきっと頭でわかっているだけなので、体でわかるためには何度も苦しまなければならないだろうと思う。

以上のことはしかし、決して筑豊で、福吉で行われている不正を見逃していいことにはならない。筑豊の人々とともに胸を張って、「特別な待遇を与えろ」の運動を起こすなかで、ぼくも変わらなければならないが、筑豊の人々も変わらなければならないのだ。

キング牧師は次のように言う。

「黒人は暴力の反乱を通じて解放を勝ち取ることはできない。しかし、白人種が自発的にそれを授けてくれるのを受け身で待つことによっても、黒人に解放を勝ち取ることはできない。」

この二つの間にある細い、しかし真実な道を見つけなければならない。日本の国が、日本の国独自の方法で、筑豊や、部落や、朝鮮に対処できるよう働きかけなければならない。そして、そのような働きを通じて、お互いの自己改革が始まらなければならない。

（一九六八〔昭和四十三〕年七月）

炭住問題を話し合おう

「これから先、福吉はどうなりますか？」ぼくのところを訪れてくださる人が必ず尋ねられる質問だ。「サー、全然わかりません。でも、たとえば、この炭住を見てください。もうずいぶん傷んでいるし、ほとんどの家が鉱害で傾いています。もしこのままの状態が続けば、福吉は炭住と運命を共にしなければならないかもしれませんね。」

炭住をなんとかしなければならないなと、福吉に住む人々は一人残らず思っている。七月に行われた炭住問題に関する請願書に福吉のすべての人が署名捺印したことを見ても、そのことはわかる。その請願書は次のような内容のものであった。

私達の住む金田町神崎福吉炭住は中小炭坑の手によって、石炭採掘が行われ石炭の景気が悪くなればまっ先に閉山し、安全弁の役割を果して来ました。それだけに労働条件も悪く特に昭和三十年頃より米国の石油を無制限に輸入し、日本の石炭産業を圧殺するため強行された石炭合理化政策の影響をうけ退職金はおろか、未払賃金すら解決出来ないまま閉山し私達は失業と貧困の谷間にあえいでいます。

その中で今住んでいる炭住に居住することが出来たらということが只一つの救いです。

その炭住もこのごろは鉱害と老朽のため雨漏りはひどく建具も満足に開閉出来ない状態になっており、今までは食うのを節約して貯めた金や生活保護費から出る補修費で少々修理していましたがそんなことではおっつかぬほど荒れ果ててしまいました。

添田町の炭住倒壊事件が福吉でおこらんとも限りません。また下排水等の環境整備や改修等、町に於いて県や国に陳情下さって住民が安心して日常生活が出来るように努力下さるようお願い申し上げます。

昭和四十三年七月二十日

金田町福吉炭住対策協議会

金田町町長殿

町会議長殿

さてこの請願書には、前にも述べたように、福吉のあらゆる人が署名捺印している。各組の組長さんが一戸一戸回って集められたのだ。そしてこの運動は、区長さんと公民館長さんとが中心になって進めておられた。ところがその請願書はまだ町長のところへも町会議長のところへも届いていない。やり始めたことは最後まで責任を取ってほしいものだ。また「福吉炭住対策協議会」という名前も、どのようにして結成され、だれがそれに属しているのか皆目わからない。

こんな疑問をもっていたところ、ある晩、区長さんと公民館長さんがそろって来てくださり、炭住の問題をいろいろ話し合った。話している間に、もし本気でこの問題に取り組むなら、大変なことになる、とその困難さをひしひしと感じた。

若い人たちと語り合う

自分の家が良くなることはだれでも願う。しかし、署名し捺印するだけで家が良くなると考えるならば、それは大きな間違いで、家が良くなるためには、克服せねばならぬ問題が山積しているのだ。察するところ、請願書を書いてみたところまでは良かったが、これを運動に発展させる場合のあまりにも煩雑な困難さの前に、区長さんも公民館長さんも二の足を踏まれたのではないか。
炭住の問題は今後どうしても避けて通ることはできない。今までの慣例を破って一つ一つ曖昧にされていたことを明るみに出し、はっきりさせていかなければならない。利害の対立が目に見えている。喧嘩くらいではすまない事態が生じるかもしれない。それを思うと何もしないでこのまま放っておくほうがよいとさえ思えることがある。

でも、現実に炭住はますます傾きつつある。福吉の一人一人はこれをどう考えておられるか、一晩集まって、皆で徹底的に話し合えないものか。区長さんにも公民館長さんにも一度集まって話すことをすすめたのだが、まだまだ実現されていない。近々この会が開かれるよう切望する。


（一九六八〔昭和四十三〕年八月）

アルバイト

中学生の男子四人が、夏休み中、アルバイトをするために大阪へ行ったというニュースを聞いた。とても複雑な思いがする。

事情を知らない人は、「他の子が遊んでいるときに、親もとを離れて働くなんて感心なものだ」と言うかもしれない。あるいは、「そんなにまでしなければならないほど筑豊は困っているのか」、「筑豊でもアルバイトをする場所はないのか」と問うかもしれない。しかし、この事件は考えてみると、今の筑豊に横たわっている問題のある面を示しているように思える。

ある中学の先生がこんな話をしてくださった。「一学期の終わりに起こった事件なんだが、男子中学生の一人が『俺、蒸発したくなった』と言って、プイと家を飛び出し、直方の近くで砂利の採掘か何かしていたらしいのだが、オモシロクなくなって、また帰って来た」というのだ。この先生は、この事件の背景を次のように言われた。

「とにかくこどもたちは、学校を大切と思ってないんやな。勉強の意義なんて彼らには無関係なんや。それともう一つは、社会全体が何の躊躇もなく、こういったこどもを受け入れてしまうんやなァ」と。

学校がオモシロクない、という不満は筑豊の至るところにある。都会のこどもたちが「受験勉強」という詰め込み教育に不満を感じてオモシロクない、と反抗するのとは違った状況である。（もっともこの種の問題も筑豊にないわけではない。）

普通に勉強することすらできない子が閉山炭住にはたくさんいるのだ。学力なんて言葉を使うことすらできない子がたくさんいる。学校は、これらのこどもに構っていられず、どんどん進む。彼らはもうずっと前から勉強することをやめてしまっているわけだ。

卒業を待たずに県外へ就職するこどもたちがどこの中学にも毎年いる、と聞く。

教育界の混乱、自信のなさが、こどもたちを放任してしまっているのだ。

学校に価値を見いださないこどもたちは、大人の世界、都会へと憧れる。家庭も彼らをチェックしない。「家にいてもオモシロクない」と彼らは口をそろえて言う。「家で悪いことをするより、少しでも稼いだほうがよい。」実に簡単なものだ。ここでは、「夏休みは思いっきり遊んだり、本を読んだりして、楽しく過ごす。そのことが将来の人間形成に役立つのだ」という、いわゆる教育本来の長い目など入る隙もない。

大阪行きはこどもの安易な欲望とも結びつく。

もうけることしか考えていない企業は、暑くて勉強することすら困難として設けられた夏休みの暑さの中を、若年の中学生を働かせて、何の責任も感じない。安く使えるという利益以上は問題でないのだ。

中卒の労働力を求めて、毎年筑豊は多くの問題を生む。「利益」のみでしか人間を見ない各企業が、あの手この手で中卒の労働力を買おうとするのだ。

だれがいったい本当にこのこどもたちの生命のために涙してくれるのだ。彼らの周囲のすべてが無責任で、ただ自分の都合の良いように彼らを利用しようとしているにすぎない。しかも、利用されながらでも、結構楽しく、彼ら自身の欲望を満足させていくことができる社会なのだ。正しさとか、嘘をつかないとか、そんな嫌なことを言わなければ結構楽しくやっていけるのだ。だからだれも何も言わなくなる。

ぼくたちの社会が破滅への道を爆音を立てて進んでいることは、このことを考えただけでも確実だ。

（一九六八〔昭和四十三〕年八月）

シャロームの町――福吉

〝「月刊福吉」九月号より有料〟の広告を七月号で出したところ、一番に送金してくださったのは同志社大学神学部の竹中正夫先生だった。添えられていた手紙には次のように書かれてあった。

犬養君、お元気の御様子「月刊福吉」で拝見し、うれしく思っています。苦闘しながらも人間として生きるために生きる。こんなところに現代におけるキリスト者の姿があるのではないかと思います。私はＷＣＣの会議に出て数日前帰ってきました。「月刊福吉」の代金を送ります。おつりはいりません。

「福吉」とは実によい地名ですね。それは聖書的にいうとシャロームの町とでもいうべきでしょうか。それにふさわしい地となりますように祈っています。


シャロームというのはヘブル語で平和ということなのだが、竹中先生が「福吉がシャロームの町になるよう祈る」と書いてくださったことを通して、ぼくは大きな励ましを受けた。

現実の福吉はまったく破れに破れている。福吉を訪ねる人が、「先生が三年半もおられたのだから、ずいぶん良くなったでしょうね」と、その証拠を見せろと言わんばかりに尋ねられる。「何も良くなっていません」と答えるのだが、本気にしてもらえない時が多い。謙遜して言っているのだととられているようなのだが、とんでもない。良くなるどころの騒ぎではないのだ。生活保護の問題一つにしても、あれだけ叫んでも、どうということはないのだ。

「ボタの会」の機関紙「筑豊――これでいいのか」の中で、栗村さんが「保護者天国」という言葉を使って、今の筑豊の生活保護状況の分析をしておられるのだが、福吉に関するかぎり、まったく「保護者天国だ」。

最近、近くに保育園が新築されるので、福吉で細々続けられていた保育園も、できればそれに合併するよう何回か話し合いがもたれた。その話し合いの中での最大の問題は、保育所に預けるためには働かなければならない、苦労して働くくらいなら預けなくてもよい、といった考え方だった。働けるのに、そして働く場所があるのに働かない。生活保護は福吉の人の肉体の一部になってしまっているのだ。

〝おいら福吉バラック長屋、一度住んだら忘れられぬ、出るに出られぬパラダイス〟

クンチャンの作詞作曲による福吉音頭の一番の歌詞だが、クンチャンの意図とはまったく違った意味で福吉の実情にピッタリである。「パラダイス」とは、ここでは「保護者天国」のことであって、まったく「出るに出られぬ」なのだ。

現在の福吉がシャロームの町になるなど常識では考えられないことだ。だから、ぼくが竹中先生の手紙を読んで励まされたというのは、竹中先生が意味しておられるのとは違ったふうに読み取ったからだ。

シャロームは平和のことなのだが、日本語の平和が静かな安定した状態を思わせるのに比べて、それはもっとダイナミックな動きを表している。安定というよりはむしろ闘いが前提となっていると言ってもよい。

「保護者天国」が偽のパラダイスであり、こんな所に安住して平和だと感じている人々の間にあって、「それはうそだ」「そんな平和に安住していると、とんでもないことになる」と叫ぶ闘い、それがシャロームの状態なのだ。だからシャロームというのは、福吉の人がみな立派になって、何の問題も起こらなくなったときに言える状態ではないのだ。その反対に偽りの平和との闘いが不断に行われているとき、それこそがシャロームの状態なのである。ぼくは、この意味で福吉がシャロームの町であると思う。聖書研究会のメンバーの一人一人を通してシャロームが福吉にあるのだ。いや、メンバーの一人一人の中でシャロームが闘っているのだ。

神さまがこの福吉にこんな形でシャロームを与えてくださることに感謝したい。「福吉はずいぶん良くなったでしょうね」という問いには、ぼくは何も答えられない。でも、シャロームの神さまが不思議な方法でシャロームを福吉に与えていてくださることはよくわかる。それに気づいていてほしいと思う。

（一九六八〔昭和四十三〕年九月）

性的な乱れ

「性的な乱れは国を亡ぼす。」今こそ、このことを新しく思い起こさなければならない。過去の世界史において隆盛を極めた多くの国々が、歴史の上から姿を消す原因になったのは、その国の性的モラルの低下であった。

生きる目標をもたぬ人間は瞬間的には快楽に走る。性的快楽は快楽の最たるものであろう。

そう見れば、性的な乱れは、一人一人が生きる目標をもたぬバロメーターであり、国が性的混乱に落ち込んでいることは、何よりもその国の活き活きとした目標が失われていることを表しているに違いない。

右も左も性的混乱に満ち満ちている。

国のことはさておき、わが福吉の現状はどうか。そこで何が行われているか、ぼくは知らない。しかし気楽に集まったときに出る話、少し酒の入ったときに出る話はほとんど男女関係のことであり、それがある時はあからさまに、ある時は陰に含めて語られる。学生のころ、そんな席に連なって顔を赤らめ、どうしてそこに座っていたらよいのかとまどったことも一度ならずあった。福吉だけのことではない。建材店に勤めているとき、材料を運んだ現場、現場で、二、三人集まれば、淫らな笑いが聞こえ、しのび笑いがもれていた。いわゆる肉体労働をする人だけではない。学校の先生の集まりでも何回もそのような場に連なった。

このような会話や笑いの背後にどんな恐るべき現状があるのか、もちろんぼくの知るところではない。

「ノム（酒）ウッ（ばくち）カウ（女）」は、炭坑華やかなりしころの男の誇りであった。炭坑の歴史をこの観点からまとめてみることができるくらいである。あるおじさんは、「今の若い者には想像することすらできないことが平気で行われていた。自分もやってきた」と語られたものだ。そして石炭がひとかけらも出なくなった今日でも、この三拍子は立派に生きているのではないか。

この三拍子を支配しているのは安易な生活態度だ。ばくちは警察でうるさいから悪い、売春は法律で禁じられているから悪い。酒だけはだれも文句を言わない。いや、ばくちだって見つからないようにすればいいのであって、あるおじさんに言わせると、「我々よりもっと大きなばくちが飯塚で堂々と行われている（オートレース）のに、自分たちだけ取り締まるのは不十分だ」ということになる。

男女関係だって同じことで、見つからないようにすればいい、と呑気なものだ。

道徳的な退廃はものすごいスピードで進んでいる。道徳的な退廃があたかも悪いことでないように、当然なことでもあるかのように進んでいる。特に男女の関係においては、普通にしていることが古臭いことと考えられ、時代が変わったことが強調される。

道徳的な退廃をそのままにしておいて文化だけが進んでいく、そんな中で生活しているので、皆が道徳なんて目くじらを立てて云々《うんぬん》しなくても結構文化は進んでいくと信じてしまう。

しかし、本当は大変なことが始まっているのだ。性的な乱れがなくならないで、新しい町づくりなんてないのだ。愛を語り、政治を論じ、宗教を云々していても、自分の生活で性的な乱れがあれば、すべてが無に等しい。なぜなら性的な乱れは、人間を人間として見ないで、快楽の対象としてのみ見るところから始まるからだ。自分の中に人間を人間として尊敬できないものをもっていて、どうして愛が語られよう。どうして人間的な血の通った政治が生まれよう。

もう当然のこととなっているこの乱れを、なんとしても正さなければならない。このままでは亡んでしまうのだ。

おじさん、おばさん、ちょっと目の向きを変えさえすれば、もっと充実した、もっと楽しい生活の場所があることを知ってほしい。瞬間的な快楽やスリルやお金に頼らなくても、安心して生活できる場所のあることを知ってほしい。

（一九六八〔昭和四十三〕年十月）

不活発な公民館活動

町長選挙の個人演説会が終わった後の懇談会で、公民館の建物の建て替えのことが話題になった。

確かに今の公民館はボロボロだ。壁ははげ落ち、ガラス戸は破れ、天井や床には穴が開き、戸は潰れ、寒い夜などストーブを焚いても座っていられないほどだ。公民館のことが話し合われている間、あらためてボロボロの公民館を見回した。正面の舞台の壁には、確かクリスマスの時に描いた字がうっすらと見える。それを見ていると、賑やかだった何回かのクリスマスのことが思い出される。床が破れたのは、確かフォークダンスで暴れすぎたからだった。ごく最近まで保育園が使っていたので、その飾りつけがまだあっちこっちにある。

「十五夜お月も雲にはかくれ、泣いて遊んだこともある。今じゃ集いの公民館、来たこら福吉よかとこばい。」勲ちゃん作曲の福吉音頭の中で、ぼくが一番好きな歌詞だ。

「集まる場所がほしい」、「寄って話し合う所がほしい」、それは福吉の人の願いだった。その願いが、「公民館を作ろう」という具体的な運動になり、大変な苦労を重ねて一九六三（昭和三十八）年にやっと今の公民館ができた。公民館ができたのと同時に、青年団、婦人会が誕生して、公民館活動も盛んであった。しかしそれもそんなに長く続かなかった。

現在はどうか、公民館はほとんど使われていない。公民館活動はまったく停滞してしまっている。婦人会活動も、育成会やこども会活動もだ。

「公民館が立派になる。」そんな話をぼくは寂しく聞いた。立派になった公民館を思い浮かべてみたが、建物ばかりが見えて、人の姿はどうしても見えない。人がだれもいない公民館を思い浮かべてみて、寂しくなった。

「公民館が立派になれば、公民館活動も盛んになるだろう」とまじめに考えておられる人がいる。しかし、ぼくは決してそうは思わない。それはちょうど「福吉の住宅はどうですか、これが人の住む所ですか。炭住を建て替えなければダメです。炭住が新しくなれば、人間も変わるのです」という意見が間違っているのと同じ程度に間違っていると思う。

公民館に人が集まって、地区のことを考えたり、お互いに勉強したり、遊んだりすることはまったくなくなってしまった。役員会にすら集まる人は少ない。何をやってもダメで、もうお手上げの状態である。

こんな状態なのに、公民館だけが新しくなっていいのだろうか。公民館が新しくなるより、なぜ公民館活動が不活発なのか、考えてみるほうが大切だと思う。

思うに、こんなに人が集まらなくなった根本には、福吉の人々の中に温かい信頼関係がだんだんなくなりつつあることがあげられると思う。生活保護の問題を中心にして、他の人にできるだけ自分の生活状態を秘密にしておこうという傾向が生まれ、本当のことを言う人が少なくなった。うかれてペラペラしゃべっていて、バレたり、やぶへびになったりすることを怖れて、人々は交わりを求めなくなったのではないか。

炭坑が生きていたときのように本当に何もかもわかってしまうような人間関係が、ここ福吉では薄れつつある。「集まらないのはテレビの影響だ」という人もある。それも考えてみなければならない問題ではあるが、ぼくは、この信頼関係の欠如が最も大きな原因だと思う。そして、その信頼関係を破壊している少なくとも一つの原因は、生活保護に関連していることは確かだ。

生活保護の問題が福吉の人間関係を破壊しつつあることを、福吉の一人一人はどう思われるのだろうか。また、破壊された信頼関係はどのようにして回復されるのだろうか。このように考えてみれば、公民館が新しくなるということだけで、公民館活動が活発になるなんてことは決してないことがわかる。根はもっともっと深いところにあるのだ。

（一九六八〈昭和四十三〉年十一月）

拠り頼む心

「月刊福吉」十月号のトップ記事「性的な乱れ」に対して二人の人が感想を述べてくださった。そのうちの一人は、高橋先生の聖書講習会で何度か顔を合わせた愛農学園農業高等学校勤務の石原昌武さんからのもの。

「主に在って一つなる犬養兄『福吉』、うれしく拝見。巻頭言の〝性的乱れ〟全くそのとおりです。あのエログロナンセンスの週刊誌の悪影響は恐るべきです。『サンデー毎日』、『朝日ジャーナル』以外の週刊誌は禁止している学園でも、ときたま悪週刊誌を摘発して、注意を促しています。

聖書に基づく人格教育をうたい、人格観念の養成こそ教育の眼目だと信じている我々にとって、週刊誌による害毒は大きいのです。性の挑発に刺激された生徒は、およそ師友に対する尊敬の念なく、み言葉なんて見向きもしなくなります。良い読書の習慣をつけることは、今後教育の重要な目標でなければならないと思います（後略）」。

Mさんからは、

「〝性的乱れ〟についてですが、本当に恐ろしいことだと思います。若い男の人たちのお話で、私たちの身近なところに自由恋愛と称して、そのようなルートがあるそうで、闇にそんなところがあるより前のような公娼の制度があるほうがよい、病気が少なくなるから、と言っていました。また、クリスチャンの若い男女から、結婚しなくても愛し合っていたら許し合ってよいということをこのごろよく聞きます。どちらも本当に問題を感じます。先生のよく言われる乱れに乱れきっている世の中だと思います。その中に私たち一人一人が正されているのですね(後略)」

というお便りがありました。

福吉のあるおじさんは、「現場であんな話をするのは、そのような仕事をしている人の数少ない息抜きの一つで、それがいけないというのであれば、ほかにどんな楽しみがあるのか、また〝性的な乱れは国を亡ぼす〟というけれど、それは支配者についていは言えるだろうけれど、我々についてはあてはまらない」と語られたものだ。

ぼくはこれらの感想を聞きながら深く考えさせられた。

言われるように、今日は〝性の解放〟が叫ばれ、性の領域でも自由が謳歌されている。若者はそんな雰囲気の中で大きくなっていく。ときどき彼らと話していて、はっとさせられる。ぼくらのもっていた規準が全く無力であることを知らされた時だ。

そして世の一般的なモラルは、そんな若者に合ったように作られていく。自由の名を旗じるしにした「やりたい放題」が、何か新しいことでもあるかのように、大手を振って大道を闊歩する。道徳が一歩遅れてそのあとに従う。

性的な問題に限らず、「悪」には恐ろしい魅力がある。それは人間らしくあり、複雑なので、なんとなく深いものがあるように思われる。文学作品の多くが、まじめな道徳的な人間を冷たい目で扱い、人間らしからぬ紋切型に描いてきた。

このあいだ、テレビで『エデンの東』を観たが、この映画もそうであった。たとえば、石原さんが下さった手紙から、石原さんのおられる学校がその生徒に求めているものが、文学作品や映画ではオモシロ味のない人間として嘲笑的に取り扱われかねない人間像ではないかと思った。多くの人は「そんな人間像は現代離れしている」と語り、「正しいかもしれないけれど、社会の荒波にはもちこたえられないだろう」と語るだろう。

現代はそういう時代なのだ。しかもMさんが言われるように、われわれ一人ひとりがその真っただ中に生きているのだ。

「道徳的」ということが、ある種のにおいをもっていたことは確かだ。それはイエスさまと対立した律法学者やパリサイ人のもっていたにおいだ。しかしその対立者たるイエスさまは、なんと人間味豊かであったことか。イエスさまの語られたこと、教えられたことを忠実に行った人間が人間味豊かでなくなるはずがないのに、実際には確かに紋切型になるのはどうしてか。

ぼくは、この秘密は道徳の基礎たる信仰の中にあると思う。イエスさまの人間味は、イエスさまが徹底的に主にのみ拠り頼まれたところから出てきたと思う。それは単純な拠り頼みの心である。〝性的な乱れ〟は、この単純な拠り頼みをバカにしたところから始まった。複雑さの中に何か深さがあると思うのは大きな錯誤で、単純な拠り頼みの中に深さがあることを学ばなければならない。

世がどれほど複雑になろうとも、ぼくたちはこの単純に拠り頼むところから離れまい。なぜなら、その心に神さまはすべての良きものを注ぎ込んでくださるのだから。

（一九六八〔昭和四十三〕年十二月）

県外で働く皆さん——Aちゃんの手紙で思う——

「拝啓、朝夕めっきりと寒くなり、木の葉のそよぎにも、寒さが見え、ひとしお肌の寒さを感じます。

先生、いつもいつも、迷惑ばっかりおかけいたしまして、本当に謝りようもありません。本当にご心配をかけてすみません。〝私は家へ帰りません〟と最初から書いても意味がわからないと思いますが、私はもうこの会社全体が嫌いになり、この会社を退社いたします。先生が私に〝もう少しがんばりなさい〟と言うかもしれませんが、私はもう絶対に嫌です。それと同時に家にも帰りません。

私はこの正月から、自分自身をもっと大切にし、自分一人で生きていく決心で働くつもりでいます。

先生、たまに私が手紙を出すのに、こんな困難な手紙を書き、本当にごめんなさいネ。先生の気持ちもよく私にわかります。先生、私を自由にしてください。私は一生にかけても家に帰りません。この私の気持ちをよく理解してください。こうなった以上、絶対に会社を退社いたします。わがままで、わからずやの私をおゆるしください。もし私が道中で失敗しても、絶対にがんばれるところまでがんばり、生涯の問題にして生きていき、仕事も一生懸命にがんばります。

大きなことばっかり書きましたが、今の私の心はこんなものです。筋が通らないと思いますが、その点ごめんなさい。私のすることを遠くから見ていてください。

先生、今私の頭の中は困難に陥っていますので、文章がまとまらないと思いますが、あとで後悔のないように書いたつもりです。まだ書きたいことがたくさんあるのですが、なぜかまとまりませんので、このへんでペンを置きます。先生、今までの私をゆるしてください。

会社の人はみんな良い人なのに、なぜか嫌いです。会社の人は私を家まで送り届けると、キップまで手配してくださいましたが、その好意もむなしく押しきりました。今、家へ帰りたくありません、わかってください。では、悪文章、本当にすみません。意味が通らなくても理解してくださいネ。さようなら。」

今年も、あと少し。もうすぐ県外就職している人々が帰って来る。うちの息子や娘が帰って来るかどうか一か月も二か月も前から心配しているおばさんたちがおられる。どんな問題があってもそんな姿を見ていると、「お母さんがいるというのはイイナー」と思う。

見違えるように大人になったこどもたちが、久しぶりの福吉に帰って、いったいどんな気持ちだろう。遊んで、飲んで、お金を使って、一年間の苦しい働きの息抜きをする。そのために帰って来るのかもしれない。でも、ぼくはその苦しい一年間の闘いのあとを聞きたい気持ちでいっぱいだ。そんなに陽気な調子のいい一年ではなかったはずだ。

話したってどうなるものでもない。そういう人もあろう。でも、ぼくは思うんだ。その一年の苦しい闘いの中で一人一人が成長してきたのだ。ぼくだってそうだ。本当にあえぎあえぎ過ごしてきた一年だったけれど、今振り返ってみると、それはぼくを練ってくれた、と。

ぼくのところを訪ねてほしい。また、二日の〝ふるさとの会〟でも大いに語ろう。

初めに載せた手紙は、今年四月、関西に就職したAちゃんからのものだ。ぼくはこの手紙を何度も読み返してみた。いっぱい問題の含まれている手紙だ。Aちゃんは自分の希望どおり「退社して」「家に帰らず」「自分一人で生きていく」出発をした。Aちゃんの言うように、それが「自由な生活」かどうか、Aちゃんがそれこそ傷つきつつ確かめてみなければならないだろう。

ぼくは県外に出ている一人一人のことを思うたびに、何か自分の身が引き締まる。そして「月刊福吉」で、手紙で、あるいは直接訪ねることによって、そこにある問題を確かめてきた。Aちゃんはそれを束縛と感じて、「先生、自由にしてください」と言う。ぼくは「遠くより見ている」ほかない。でも、覚えていてほしい。「遠くからぼくが見ている」ことを。

（一九六八〔昭和四十三〕年十二月）

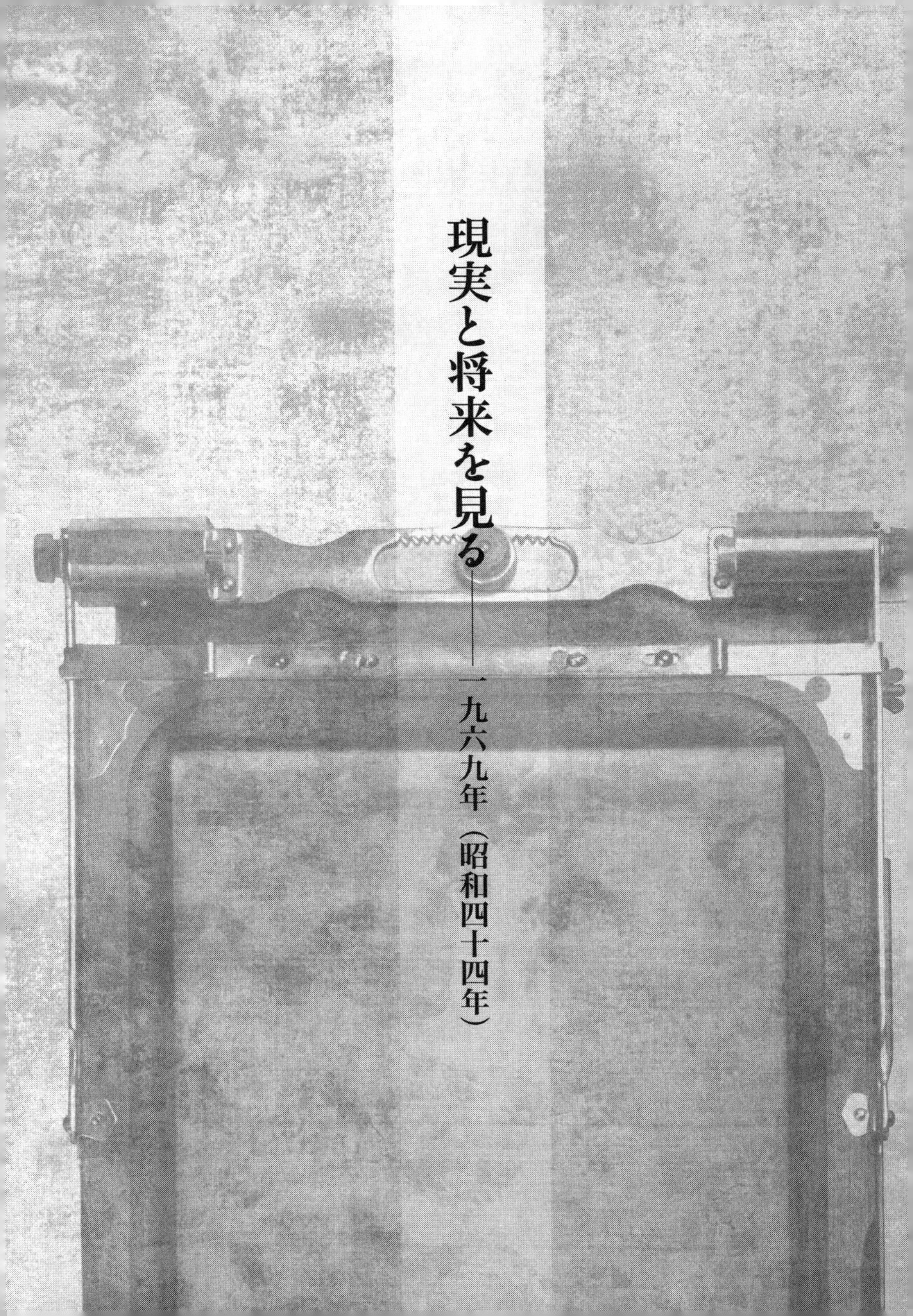

現実と将来を見る——一九六九年（昭和四十四年）

現実を見る

十二月二十一日、NHKテレビの『ある人生』で、福吉でのぼくの生活が放送された。文字どおり全国からたくさんのお手紙をいただいた。励ましもあったし、批判もあったし、中には例のごとく、中卒者を世話してほしいとの企業からの手紙もあった。でも、だいたいまじめなものを、一つ一つ読みながら、ずいぶん多くの教えと励ましを受けた。こんな真実な手紙をぼくがひとりで読むのはもったいないという気がして、なんとか謄写版印刷でもしようと思っている。

ところで、ぼくが最も寂しいのは、福吉の人々の反応がほとんどないことだ。直接ぼくに感想を聞かせてくださったのは大塚のおばさんくらいで、あとは間接的に、こういう声があった、ああいう声があったというのを聞いた程度だ。正月休みで帰っていた県外で就職している人々も、「先生、テレビ見たよ」とは何人かの人が言ってくれたが、感想を述べるとか、その内容について語るとかいうことは皆無だった。

なぜだろう、と考えてみた。

一つは根っからの無関心で、ぼくが何をしようと何を考えようと構っていられるものか、といった態度だ。それはうなずけることで、面倒くさい番組を見るより、もっとオモシロイ番組がたくさんあるのだし、感想なんて云々《うんぬん》する間があればオートレースの予想でも立てるほうがよっぽどためになるに違いないのだから。

今一つは、見て感想をもっていながら、それが語られないのだ。間接的に入ってくるうわさ、でそのへんのところはぼくによくわかる。

「犬養先生は、カッコイイかもしれないけれど、犬養先生をカッコヨクするために犠牲になっているわしらはどうだ……」という思いがあるに違いない。そして、「あれを見た人は、福吉がどんなにみすぼらしい所かと思うだろう」と考え、これでもかこれでもかと出てくる福吉のみすぼらしさに耐えられなくなって、スイッチを切った人があるという。

あるいは、あんなテレビが全国に流されたら、良いところに就職ができなくなる、とこぼした人もあったらしい。

あるとき、勲ちゃんが言った。「わしら大阪へ働きに行ったときは、大阪のやつらにバカにされんとこう思って、必死やった。炭坑から来たことがばれんようにどんだけ努力したことか。今県外に出てるやつらもみな同じ気持ちやと思うが、大阪人になりきろうとして一生懸命なんや。そやのに、自分が福吉の出身で、福吉とはこんなところやいうことがテレビやラジオや新聞でばらまかれたら、そらええ気はせんわな。忘れよう、振り切ろうとしていることに触れられるんやからな。ひどい話や。そやけど先生が言うようにそこを乗り越えんとほんまもんにならんやろうな。」

ぼくは、福吉以外の人々に向かっては、あのテレビに表れた福吉像はその一部であって、決して、破れた家ばかりでもなければ、老人ばかりでもないことを大いに語ろうと思う。しかし福吉の皆さんに対しては、一部分ではあったが、あの場面場面は誇張でもなんでもない事実そのままであったこと、そして福吉の問題もそのへんにあることを強調したいと思う。

それがどれほど惨めで汚くても、現実であってみれば、一度それを認めてかからなければならないと思う。テレビのスイッチを切れば画面は消えるだろうが、福吉の現実が消えるわけではない。

しかも、その福吉の見るに堪えないような現実と自分とが同居しているのだ。テレビで見た福吉が惨めであるというのは、自分がそれほど惨めであるということなのだ。福吉の惨めさを耐え得ないとしながら、自分はそんな福吉と関わりがないと思っているとしたら、それはたいへんな誤りだ。

問題は、目を背けたくなるような現実に、しっかりと目を向け、その現実を変え、自分も変わることだ。

ぼくの言うことは酷だろうか。また、ぼくだけがそんなにエエカッコをしているのだろうか。

（一九六九〔昭和四十四〕年一月）

『ぽんそんふあ』を読んで

「ぽんそんふあ」というのは鳳仙花《ほうせんか》の韓国語である。昨年九月十四日から十日間、六名の方々が韓国に謝罪と親善のために旅行されたのだが、一行の中の松井昌次、義子ご夫妻のまとめられた報告書の題名が、この『ぽんそんふあ』である。

松井ご夫妻は韓国からの帰り、板付に着いたので、福吉にもわざわざおいでくださり、日本での第一回の報告会を開いてくださったのだが、今度この報告書を読ませていただいて、あらためて松井ご夫妻の十日間の歩みがどれほど祝福に満ちたものであったかを知らされた。

以下は、ぼくの感想であるが、この報告書が一人でも多くの方に読まれることを心から願う。

エペソ人への手紙第二章一四節以下の、「キリストはわたしたちの平和であって、二つのものを一つにし、敵意という隔ての中垣を取り除き、ご自分の肉によって、数々の規定から成っている戒めの律法を廃棄したのである。それは、彼にあって、二つのものをひとりの新しい人に造りかえて平和をきたらせ、十字架によって、二つのものを一つのからだとして神と和解させ、敵意を十字架にかけて滅ぼしてしまったのである」という言葉がこの報告書で成就していることだ。

まったく到底和解し合えないほどの大きな溝（日本が作ったのだが！）を越えて、素晴らしい交わりが、十日間のうちにそこここでもたれたことが、美しい絵のように読む者に迫ってくる。「もはやユダヤ人も異邦人もない」というパウロの言葉のとおりだ。

あるところでは、ぼくは松井さんたちのなされた交わりの素晴らしさを語り、韓国と日本の真の国交回復の基礎がこうして作られたのだ、と話したところ、「キリスト者同士が交われるのは当然であって、それが国と国との交わりに必ずしもつながるとは思えない」と語った人があった。

キリスト者としての交わりが国や民族を超えて現実になされたことは、そのこととしてすでに素晴らしい。主のエクレシアとはそういうものだ。日本という国や民族と結びついたキリスト教もあるし、同じことは韓国においても言える。むしろ、このキリスト者としての交わりが国や民族を超えることが観念的にしかわからなくなっているのが実状なのだ。そんな中で、松井さんたちのなしてくださったことは、聖書の言葉の生きた証しだ。

しかし、この国籍を天にもつ者の国や民族を超えた交わりは、そのこととして完結しているのではない。松井ご夫妻は日本人として、過去の韓国に対する罪を十分に知って、それを謝罪に行かれたのだ。日本人としての過去の重みと罪を十分その身に負って行かれたのだ。国や民族を超越した抽象的なキリスト者など存在するわけがない。

ぼくはこの報告書を読んで、韓国と日本の複雑な問題が一つ一つ明白にされていると思う。ごまかすことなく問題にされていながら、しかも交わりが断絶していないのだ。

最も感動したのは、謝罪のために、いわば頭を垂れて行かれたご夫妻の姿から多くのことを学ばせていただいた、と韓国の方々が語っておられることだ。それも福音の本質を学ばせていただいたと言われるのだ。あちこちで開かれた会のお話の中で、松井ご夫妻は権威をもって語っておられる。謝罪と権威が同居しているのだ。徹底的な謝罪の思いが、そのままで福音の権威を表している。そんな不思議な交わりが、「主に在って」可能であったことを、この報告書は伝えてくれる。

十日間という短い期間によくもまあこれだけのことが、と思う。今、福吉では使徒行伝を学んでいるのだが、パウロの第二次伝道旅行も、ピリピ、テサロニケ、ベレヤ、アテネ、コリントと全く飛ぶような旅行であった。しかもパウロの場合は逃走の旅であった。神さまがその一つ一つを祝福されたので、後に大伝道旅行と呼ばれるようになったが、そもそもは席の温まる間のない逃走だったのだ。松井さんの場合も、本当に神さまの祝福が満ちあふれていたことを思う。この旅は、韓国と日本をつなぐための旅だったのだ。

もっとも、松井ご夫妻の前と後で韓国と日本の交わりのために熱い祈りが積み重ねられ、具体的な交わりがなされていたことも忘れられない。他の人々が政治的に、あるいは政治的判断に振り回されて、賛成とか反対とか言っている間に、ほんの少数ではあるが、温かい命の営みが着々と進んでいたのである。


（一九六九〈昭和四十四〉年一月）

「毎日こんなことをしていていいのだろうか」——県外の友へ、県外へ出る友へ——

「毎日こんなことをしていていいのだろうか」、そう考えるようになることは進歩である。そこから、新しい生き方を求めていこうとするエネルギーも出てくるし、人生とは何か、自分の人生で何が一番大切なのかを考えてみることもできるようになる。

中学を卒業して県外へ出て行ったこどもたちのうち、何人かは一年の間にこんな心の状態に

県外のこどもたちからの手紙を
読み聞かせる

なることがあるらしい。ぼくはそれを心から喜ぶ。ところがこのような問いをもったこどもたちに、本当の意味での相談相手になってくれる人がいない。何気なく書かれた手紙やハガキを読みながら、その背後にある重い生活を思い、生々《なまなま》しく感じている問題の重要さを思うたびに、彼らの周囲に本当にその成長を願い、温かく育もうという空気が皆無であることを歯がゆく思う。

　彼らの故郷《ふるさと》福吉では、「毎日こんなことをしていていいのだろうか」というような問いはもはや聞かれない。だから、彼らは故郷に彼らの問題を持ち帰ることはできない。

　新聞に載ったぼくたちの記事や、例のテレビ等を通して、何人かの友人が与えられた。その中の一人は、「大学の受験のために準備していたのに、母が病気になって看病のため大学へ行けなくなった」ということから、「毎日看病ばかりしていて、これでいいのだろうか」と深刻な手紙を下さった。最近は、「私は今の生活の中でしっかりと自分を見つめ直しました。これからは、どう生きればよいか、じっくり考えようと思い、いろいろ本を読んだりしています。それからひとりぼっちでしたが、ここでまだ生活しなくてはいけないのだと思うと、何か語り合う友も欲しくなり、ぼつぼつですが、できかけていますので、それもうれしいことの一つです」という便りを受け取った。

また他の友は、学歴のことで悩み続け、何としてでも学校出という資格を取ろうと考えていたが、最近は「学歴のことを考える前に、もっと大事なことがあるって気がついた」ということである。

「先生たちを見ていて。学校！　学歴！　この世はいつもこうです。現実はそうかもしれません。こう書いている自分でさえ今まで学歴のことを、いの一番に考えていたのですから、威張ったことは言えません。大学を出たから立派な人間になるわけではありませんし、中学卒は駄目だなんて頭から考えている人間が間違っているのです。この世の中だからしかたのないことかもしれない。実際にこの小さな問題で、何人かの人が死んだり犠牲になったり、喜んだり悲しんだりしているのですから。私だってその中の一人です。

やけくそであきらめたのではないのです。もっとやりたいことというのは、人間としてそのような問題を気にしない心の広い人間になりたいのです。秀才に負けないくらいに、自分自身の勉強はすべきだと思っています。それ以上に人間として信頼される、一人からでも愛される人間になりたいのです。」

ぼくはこの二人からの手紙を読んで、二人の成長を心から喜んだ。これだけの引用でもこの二人の重い重い生活がにじみ出ていることがわかっていただけると思う。そのことを思うと、ぼくは涙が出そうになる。

「毎日こんなことをしていていいのだろうか。」

ふっとそんな気持ちが湧いたら、自分が成長したのだと知って喜んでほしい。そしてその気持ちを大切にしてほしい。その問いは確かに一面ではとても危険な問いで、何もかも嫌になって、生きていく勇気がなくなったり、ブラリと蒸発してしまったりする可能性もある。それを恐れて、多くの人は、ふっとこんな問いが心に浮かんでも、無理にそれを打ち消してごまかそうとする。社会も、会社も、学校も、仲間もそんな問いを嫌う。でも、ぼくはこの問いを大切にしてほしい、と思う。そしてここに紹介した二人のように、この問いを中心にして闘ってほしい。そのようにして成長してほしいのだ。

（一九六九〔昭和四十四〕年二月）

筑豊の問題

識字《しきじ》学級のことが新聞で報告されていた。識字学級というのは、もともとは字を知らない人々が字を学ぶことを目的として開かれたものであるが、福岡県には二十三の学級があり、そのうち十四が筑豊にあるという。

その第二回の経験交流会が三月十日に田川市で開かれたのだ。

川崎中学の堀内先生は早くからこの識字学級の意味を強調し、また育ててこられたのだが、最近新聞の報告を読んでいて、今までタブーとされていた部落の問題にマスコミが積極的に取り組み始めたそのことの中に、識字学級が担っている意味を見たように思う。

新聞は次のように報じている（「毎日新聞」十一月三日、筑豊版より）。

「北九州市のある教師は『〝識字〟というから字だけ教えるものと思っていた』と発言したが、田川郡の学級生が『字を知らなかったこと自体が差別だ。だから字を知ることは、差別との闘いを始めたということだ。そして文字を使って解放運動に加わっていくものでなければ意味がない』と反論した。

また、この地区（田川郡）の運動に取り組んでいる教師は部落解放運動と直結した〝識字学級〟という理念を持っている。分散会では、この地区のある教師は『識字学級は差別に対する怒りを持ってやるものでなくてはならない』と発言したが、やはりこの点が学級運動が発展するかどうかの重要なポイントになっている。」

福吉に住んでまる四年になる。筑豊の問題の深さに圧倒され続けてきたというのが正直な告白だが、一口に「筑豊の問題」といっていたものが、いくつかの山をもっていることが明らかになってきた。その最大の山はなんといっても石炭産業の問題で、その爪痕は筑豊をなめつくしている。しかし、それに劣らぬくらい大きいのは部落の問題であろう。そして、他の一つの山は朝鮮人の問題だ。

「炭坑太郎」「流れ者」と蔑まれてきた小炭坑の渡り坑夫たちが、それらの言葉に痛めつけられながら、なお自分たちを誇って見下げたものが二つあった。一つは部落の人々であり、他は朝鮮人であった。

福吉で生活していても、部落問題、在日韓国人の問題は、決して見逃すことのできない目前の問題であることがよくわかる。ヒソヒソと語られるそれらの人々に対する言葉のなんと暗いことか。最近隣町の弁城で若い女の人が入水自殺を図った。伝え聞くところによると、部落の人との結婚を親が許してくれないのが原因だという。この例などは氷山の一角であろうし、部落の人の側、在日韓国人の側の悲劇や苦しみは、ぼくたちの想像を絶するものであろう。

これらすべてが筑豊の問題なのだ。

以上あげた筑豊の三つの問題に共通するのは、「差別」ということであろう。しかも、それぞれが差別を受けながら差別を自分のほうからもしているというのが実情なのだ。

上野英信先生が『地の底の笑い話』(岩波新書)の中で、炭坑労働という共通の場で、今あげた三つの者が協力関係を作っていたことを証言しておられる。それはとても大切な証言だと思うが、その協力関係がなぜ破れたのかがもっと問題だろう。

「差別」とは何か。いろいろ定義できようが、高橋三郎先生が「福音と世界」三月号に三・一運動について一文を書いたその中に、「日本人は韓国人に対して真に『汝』と呼びかけるべき相手として、その『他者性』を認めているであろうか?——この問いこそはあらゆる紛争の最も深いところに横たわっている根本問題なのだ」と指摘しておられる。差別とは「他者」を自分と同じ人間として取り扱わないことだろう。

同じ人間だ! と、口だけでなく全身全霊をもって告白すること、それが解放運動であり、識字学級がなそうとしていることである。

筑豊の問題も、だから、この告白によってのみ解決されるのだ。

（一九六九〔昭和四十四〕年三月）

福吉での生活

昨年（一九六八年）の十二月二十一日、NHKテレビの〝ある人生〟で「筑豊の青春」という題のもとに、ぼくの福吉での生活が紹介された。

放送後、全国各地からたくさん励ましの手紙を受け取った。ぼくの生活を深く知っている人からは「もっと突っ込んでほしかった」という感想があり、初めての人からは「感動した」との便りであった。

ぼくの生活は決して人前に見せるようなものではない。だから、「感動した」などと言われると、なんとなく恥ずかしい気持ちがする。そしてその「感動」の内容を知って、今度は腹立たしく思うことすらある。

でも、夜間学校に、働きながら通い、自分の人生はこれでいいのだろうかと悩んでいる人や、人のためと思ってやったことが、人に理解されず、そのため事業に失敗して、今は自分の生活のことでいっぱいだけれど、なんとか人のために尽くしたいと考えている人、あるいは受験勉強の無意味さの中で、ふと一生とは何かを考えさせられた人、そんな人々からの励ましの手紙

次男の朝二と

を読むと、全く何の取柄もないぼくの生活だけれど、神さまが用いたもう時に何かをなすのだと思わずにいられない。

ところで、そんなぼくでも、もう福吉に住んで四年近く、いろんな体験を通して勉強させてもらった。そして、本当のところ何が問題なのかも少しずつわかってきたように思う。まだまだ体系も何もないけれど、同じような働きをしている同労者とは大いに語り合ってみたい問題がいっぱい。当然なこととはいえ、テレビではそんな問題は取り扱ってもらえない。だから、あの放送が終わったあとのぼくの気持ちは、やっぱり自分で書かなければダメ、直接話さなければダメだ、ということであった。

そんなぼくのある意味での失望に光を与えてくれた手紙があった。あのテレビを見て、よくもこのような感想を書いてくださったものだと心からうれしく思う。そしてマスコミはダメだというけれど、マスコミが扱うのは人間だし、マスコミを扱っているのも人間、それを見たり聞いたり読んだりするのも人間であってみれば、その人間同士、立つべき場所に立ち、なすべきことをなしていれば、おのずから通じ合えるのではないか、そんな気持ちすらする。

それは、炭坑の人々の苦しみが理解できないというぼくの悩みの中で得た解決でもある。苦しみという苦しみをなめ尽くし、悲惨という悲惨を経験してこられたおじさんやおばさんの中で、聖書を共に学んでみて、もし体験が聖書研究の必要条件であるならば、ぼくはここでは聖書研究ができないと思った。おじさんやおばさんの重い重い過去は、ぼくの軽い過去をたじたじさせる。結局のところ、通じ合うことはできないのではないか、そんな思いがしたものだ。

その思いから完全に解放されたわけではないが、過去をそんな形で問題にするのでなく、前へ向かって問題にしなければならないことを知らされたとき、そして、どんな体験をしたかではなくて、その体験をどれだけ誠実にしたかが、最後のところで問題になることを知らされたとき、過去の鎖から真に解放してくださる主、誠実であらしめたもう主を中心にするとき、人間的にはいかに不可能に見えても、ここでの聖書研究もまた祝福あふれるものになることを知らされた。

マスコミのもつ障害を乗り越えて、理解し合える場所があるとすれば、まさに、同じ主に贖われたことを喜び、感謝している者同士でしかあり得ないのではないか。

その手紙はこんなふうに書かれていた（原文は平仮名ばかりのタイプであったが必要に応じて漢字に直した）。

主に在りて敬愛する犬養さん！。

四年前、橿原の新年聖書講習会でお目にかかった山下です。一年に一度の「ヨシュアと共に」に掲載されるあなたの福吉でのご活躍に目を見張っておりましたが、今度、テレビに出たあなたのお姿を見て、今まで傍観者的にあなたのなさることを眺めていた私がたいへん恥ずかしくなり、遅ればせながら、ここにあなたのお仕事に声援を送る一人に加えさせていただこうと、このお手紙を書いて（打って？）いる次第です。

あなたが「ヨシュアと共に」に書いておられるように、このあいだのテレビに出た情景——あなたが町長選挙の候補者に質問すると、ある酔っぱらいの男がさかんにその質問にくだを巻いた場面——は、私の皮相な（浅薄な）見方かもしれませんが、福吉の最も根本的な問題をえぐり出しているように思いました。あなたは言われる、「福吉をこのような事態にしたものに対しては、徹底的に戦わねばならぬ。それはそうだ。しかし、それを糾弾《きゅうだん》する人、その人の罪の問題はどうするのだ」と。それに対して人は言う。「あの搾取的な資本家どものあくどさに比べりゃ、わしらのほうはものの数ではない。そうかたく言わんでもよかじゃないですかな？」と。

あのくだを巻いているおじさんは、勘ぐれば、作戦的に候補者に頼まれてやっていたのかもしれませんが、素直に受け取れば、あなたの質問に胸を突き刺されたことは間違いなさそうですね。たとえ、あなたの言うことに言葉の上で反駁できても、やはりそれが何の支えにもならぬことを隠すわけにはゆかないわけです。それがあのようなわけのわからぬ態度に出てくるのでしょう。さっぱりと反対する横着さもない代わり、自分の心のねじ曲がりにもはっきりした勇気もないというのが大部分の人間の姿のようですね。それが最も鋭く生活に立ち現れる福吉であなたが闘っておられることを、人々が理解するには、たいへん時間がかかりそうですね。いや、そんな理解などあてにしていたんじゃ、この仕事はできない、とあなたは言われそうです。

ところで、あなたが「ヨシュアと共に」に書いておられる中で、私の注意をひいた箇所が二つあります。一つは、「お金は温かい人格を通してしか分配されてはならない」であり、いま一つは、「一番恐ろしいのは、現代の人たちは不正とか不義に対して非常に寛容であることだ」でした。特に後のほうには、私自身、自分の裁判という仕事を通して痛感しておるのです。もっともあなたの言っておられることを私が十分に理解していないかもしれませんが、私は裁判を通じて、日本人ってどうしてこんなに寛容なのだろうと思うことが少なくありません。極端に言えば、お互いに相手の不正、ごまかしなどを大目に見ながら、そのつりあいのうえで事を運んでいくというやり方をたいへん好んでいるのです。これを調和といい、また相互信頼というわけです。これを批判するものは嫌われ、仲間はずれになることを覚悟しなければなりません。ただ私が思うのは、これから先です。これらを裁くことと同時に、何をなすべきかということです。キリスト教会は裁くことによって理解者を失うことを恐れ、罪の問題を避けて通ることにしているようです。その結果ますます甘く見られているようですが、罪を指摘することによって反抗し、離反していく者をどうするか、放っておいてよいとは決して言えないと思いますが、犬養さんはきっと福吉でこの問題に汗水を流しておられると思います。私の観念的な問題などには遠くの昔にそれなりのお考えをおもちだと思いますが、私は、この問題こそイエスの「十字架」そのものではないかと思っております。

テレビであなたがダンプカーのハンドルを握っておられるのを拝見したとき、正直のところ、私は呑気にテレビであなたのお仕事を眺めている自分が恥ずかしくてなりませんでした。いろいろまだ書きたいことがありますが、お忙しいあなたのお仕事の邪魔にならないように、これでやめます。同封のものは、あなたのお仕事のお役に立てていただければ幸いです。お仕事の上に、またご家庭の上に、主のお守りがありますよう祈ってやみません。

(注=手紙の中に「ヨシュアと共に」とあるのは、高橋三郎先生を中心に作られている〝ヨシュア会〟の機関誌で、年一回発行、現在までに四号が発行されている。ぼくも筑豊での活動報告を書かせていただいた。)

提出された問題——不義・不正を指摘しなければならないのは当然であるが、このことによって反抗し、離反する人たちをどうするか——は、まさにぼくの福吉での最大の問題である。山下さんの期待に反して、ぼくはこの問題に対する明確な答えを得ていない。ただそんなぼくに、福音書に描かれているイエスさまの姿がますます鮮やかに浮かんでくることだけは確かだ。不正や不義や罪と一歩も妥協することなく、しかも不正や不義や罪の横行している社会や人の中で温かく生活しておられるイエスさまの姿がだ。それはぼくの体験とは全く違う。生活保護の問題を話し合った時も、失業対策事業に出ている人々が働かないといった時も、福吉の人々との間の溝の深さを感じさせられたものだ。

分離と反抗を起こさしめないような伝道はないと思う。しかしそれは悲しいことなのだ。福音書のイエスさまの姿は、その温かさを最後の最後まで確保しながら、しかし、やっぱり分離と反抗の渦の中で、結局十字架への道を歩まれたのであった。

そのお姿に見惚れていると、山下さんの言われるように、分離し、反抗する人々を最後の最後まで愛し抜き、しかも、そうしながら結局分離と反抗の渦の中で消えていくことが、ぼくの使命であることがはっきりする。それ以外の道は考えられない。

ただ、この道はそばから見れば、あるいは悲壮に見えるかもしれないが、その内容は決して悲壮なものではなく、「感謝」であることを知っていただきたい。分離し、反抗する人々を最後の最後まで愛し抜けるのは、自分自身が幾度となく分離し、反抗し続けたにもかかわらず、神さまが一方的に最後の最後まで愛し抜いてくださることより、許されて生きる者とされたことに対する「感謝」にあるのだ。

「筑豊へどうして来られたのですか」とまじめに聞かれたら、ぼくは、高橋三郎先生のテープ（聖書研究）をこの福吉で聞かせていただき、それがぼくの新しい人生のきっかけになったこと、この新しい人生がどれほど祝福に満たされたものであったかを語り、それらすべてに対する「感謝」がぼくをここで生活させているのです、と語ることにしている。

他の多くの人々のように、炭坑の人々は悲惨だからという理由で来たのでもなければ、底辺こそは明日のキリスト教を担う何かを持っている、それから学ばなければならない、という気持ちで来たわけでもない。あるいは、筑豊を現代日本資本主義の最大の矛盾としてとらえる社会変革の砦としようと思ってきたわけでもない。

ただ「感謝」なのだ。

ぼくは福吉でこの「感謝」を生活している。聖書を共に学ぶことがその最大の表現であるが、ぼくの生活全体をかけて感謝している。

ぼくの感謝が、福吉や筑豊の人々にとって決してありがたいものでないことを十分承知している。それでも、ぼくは与えられた持ち場で心からの感謝をささげたいのだ。

（一九六九〔昭和四十四〕年三月）

二つの感想

先月号の「月刊福吉」の一面、「筑豊の問題」について、二人の先輩から感想をもらった。

一人は、門司で「基督者底辺対策協議会」というのを組織して、「エイコー」という機関紙を出しておられる藤井和信さんからで、藤井さんとは一度だけお会いしたことがあり、たしかその時のことは「月刊福吉」にも書いたと思う。生活保護の問題をめぐって、「あなたは最も手をつけなければならないところを放っておいて、核心の周りをグルグル回っている」と語り、「あなたのような人と話すのはたいへん苦痛だ」と言われたのを覚えている。

直接の会話を避けて、ぼくは「月刊福吉」を送り、藤井さんからは「エイコー」や、〝全国の生活と健康を守る会〞（全生連）の班ニュースを送っていただいて、ずいぶん多くのことを教えられ、また考えさせられてきた。

その藤井さんが直方教会の黒田先生に託して、ひと抱えもある包みをことづけてくださった。開けてみると、「部落問題」に関する本と資料である。手紙も何も同封されていないので、藤井さんの真意はわからないが、たぶん「あなたは解放の視点がない。それを学びなさい」ということだろうと受け取った。そして感謝した。

今一人は、大阪の釜ヶ崎にある愛隣小学校で働いておられる尊敬する先輩、小柳伸顕さんからのものである。小柳さんはいつも温かく、しかし厳しくぼくの生き方を見ていて、そのときどきに実に的確な指摘と励ましを与えてくださる。鈍感なぼくは、そのときには小柳さんの言葉の重さを十分量ることができず、後になって気づいて、その的確さに驚くことがしばしばである。

以前、福吉の人々が町長に対して、あれをしてくれ、これをしてくれと、してもらうことばかりをあてにしている姿を批判して、ケネディ大統領の就任演説の言葉、「わが同胞である米国民諸君、米国が諸君のために何をなすかを問いたもうな。諸君が国のために何をなしうるかを問いたまえ」を引用したことがあった。さっそくハガキが来て、「諸君が諸君の国のために何をなしうるかを問いたまえ、と言ったケネディはその人々をヴェトナム戦争へと駆り立てたのを、きみはなんと見る」と書いてあった。町や国がその住民である町民や国民を蔑ろにしている現実が見えてくると、この指摘の的確さがわかる。

今度もハガキで、それは次のように書かれてあった。

「月刊」ありがとう。感想ですが、一ページの中で〈朝鮮の人々〉という言葉は、ぼくたちが差別の側にいる発言です。つまり、わたしたちはアメリカ人、フランス人、中国人と言いながら、朝鮮人と言わずに、——の人々と言う。それは朝鮮人から直接聞きました。もう一つ、在日韓国人ということ、これは朝鮮民主主義人民共和国を本国と思っている在日朝鮮人が多い日本では、必ずしも適当ではない。マスコミの言葉です。気をつけられたし。いつのまにかわたしたちは〈権力〉の言葉で話しているのです。元気で何よりです。筑豊で起きていることは、大阪釜ヶ崎でもあります。

ぼくはこのハガキを読んで感動した。〈権力の言葉〉をぼくが使っていることをはっきりと指摘してくださったハガキだが、そのハガキには一度として「きみは……」という言い方が出てこない。全部「ぼくたちは……」「わたしたちは……」となっている。この言葉遣いにぼくは小柳さんの姿勢を見る。言葉の問題で自らも苦しみ、闘っておられる姿を見る。その闘いの中から後輩の姿勢を問題にしてくださる愛を見る。

言葉は思想を規定する、といわれるが、まったくそのとおりだ。ぼくの中の古い言葉、権力の言葉をなんとしてでも追い出さなければならない。それは苦しいことだけれども。

その闘いをぼくは「月刊福吉」を通してやっていこうと思う。そしてこの二人の先輩のような人々がこの「月刊福吉」を読んでいてくださることが感謝だ。なぜなら、この闘いはひとりでは決してできないのだから。

（一九六九〔昭和四十四〕年四月）

〝福吉借家人組合〟発足

四月十八日、久しぶりに公民館に五〇名近い人々が集まって、「炭住」問題が話し合われた。まず「炭住」に関して各自がもっている問題を出し合ったのだが、それをまとめるとだいたい次のようになる。

第一に、強い風が吹けば、今にも倒れるといった危険な家にいる人が何人かいる。その人々を含めて福吉にある炭住全体が鉱害と老朽で、非常に危険である。これをなんとかしなければならない。

第二に、福吉にある住居でも、個人の所有の家は鉱害が認められ、近々復旧工事が行われるらしいが、炭住は鉱害が認められないと聞いている。なんとか炭住も鉱害にかからないものか。

（注＝鉱害復旧というのは、炭坑が与えた鉱害を復旧するということなのだが、炭住や風呂場等、その鉱害を与えた炭坑の所有施設は、鉱害復旧の対象にならない。）

第三、家賃を毎月払っているのに、家主はまったく家の修理をしてくれない。またちょっとくらいの修理ではもうどうにもならないところまで来ている。保護を受けている家庭は、福祉より家賃が支払われているのだが、家主はそういう形で家賃を取っているのに修理は全然しない。それどころか、修理は福祉のほうがしているというのが実情だ。こんなことが許されていいのか。

第四、複雑な事情はあろうが、たとえば隣の太陽坑などは、事業団の買い上げによって、月賦で安く自分の家になっている。なんとか福吉の炭住も自分の家にならないか。そうすれば鉱害にもかかろうし、自分の家になれば一人一人も家を大切にするのだが。

これらの問題を解決するために、〝福吉借家人組合〟が結成された。組合長に梅崎丸男さん、副組合長に大塚勲次さん、会計に清水澄子さん、書記に犬養光博が選ばれ、皆の積極的な協力が約束された。

五月六日、さっそく梅崎、犬養が役場に出かけ、組合結成のいきさつを説明し、町として福吉の炭住問題をどう考えているかを問うた。

現大島町長は町長選挙の時、その運動員の一人をして、「皆さん、これが人の住むところですか、大島が町長になれば福吉の住宅問題を真っ先に解決します。大島は貧乏人の味方です」

と叫ばしめた人である。

町長の考えはこうである。福吉の炭住を全部買い取って、これを順次潰し、町営の新しい家を建てていく。その費用は国が半分みてくれる。すでに二〇戸分に関しては、一九七〇（昭和四十五）年三月ごろには建つ見込み。一年に二〇戸—三〇戸ずつ建て替えていけば、五年くらいで福吉の炭住はすっかり新しい町営住宅に生まれ変わる。

町営住宅のことをいろいろ聞いてみた。

一戸一戸が別々になっていて、庭が仕切られており、一戸はいわゆる2DK（四畳半くらいの部屋が二つと炊事場）。家賃は二〇〇〇円—二五〇〇円。二十年間は払い下げは行われない。また原則として、建て増しその他はできない。

以上のような内容でなら、町は積極的に努力しよう、ということであった。

この段階で、四月十八日の話し合いが二つの方向に絞られることになった。一つの方向は町長の考えのように、五年計画くらいで福吉の炭住を全部潰して、新しい町営住宅に変えていくという方向、他の一つは、あくまで今住んでいる炭住をそれぞれ自分の所有にして鉱害にかけるという方向である。

考えられる問題は、町営住宅の場合は間取りが定まっているので、こどもの多い家庭などは狭いだろうということと、家賃が二五〇〇円ということになれば、現在の二倍以上になることなどである。ただこの案なら、町が積極的なので案外スムーズにいくだろうし、福吉全体の集落計画が建てられるという利点がある。これに反して、自分の家→鉱害の線は、まだ海のものとも山のものともわからない段階である。

二つのうちどちらを選ぶか、五月十七日に、公民館で開かれる会合で決めなければならない。

（一九六九〔昭和四十四〕年五月）

福吉の二重価格

まったく変な話なのだが、福吉には二重価格が存在している。生活の隅々までこの二重価格が行きわたっているようなのである。

例をあげてみよう。福吉の多くのこどもたちは一日に三〇円ものおこづかいを使う。ぼくは「三〇円も」と書いたが、こどもたちは「三〇円だけ」という意識だろう。キャンディが一〇円、チューインガムも一〇円、くじも一本五円、ジュースやコーラになれば二〇円、三〇円は一遍に吹っ飛んでしまう。近所の店へ一日に何回となく足を運ぶこどもを見ていると、あるいは三〇円くらいではすまないかもしれない。

こう考えれば、一日三〇円のおこづかいはむしろ当然なのかもしれない。こどもたちとどこかへ行くときは必ず「お金は持ってくるな」と言う。それにもかかわらず、一〇〇円、二〇〇円と持って来て、駅の売店で、ちょっと通り道の店で、ある者は出発の時と帰ってからの福吉内の店で使ってしまう。

ところが、公民館の活動費はどうだ。育成会が一か月一〇円、こども会も一〇円、婦人会が二〇円、大元の公民館が三〇円。福吉借家人組合の組合費でさえ五〇円。

正直言って、いったいこれで何の活動ができるのだ。ところが、こども会費を一〇円から二〇円に上げることは大変なことなのだ。しかも、「こども会費を納めているのだから」というので、夏の海水浴の費用を別に徴収しようとすると、反対が起こる。一年間毎月納めても一二〇円だ。一二〇円で往復のバス代が出ると思っておられるのだろうか。それに、こども会の活動は海水浴だけではない。こども会のたんびのお菓子、花火大会の花火、クリスマスの時の飾りやプレゼント等々、どれもお金の要るものばかりだ。

ちょっと考えれば、こんな計算ができないはずがない。ところが、そんなことは考えもされないらしい。自分たちだけで海水浴に行って、どれほど高くつくか、ちゃんと知っておられるにもかかわらずだ。

高利貸しからお金を借りるときは、九分の利子をちゃんと取られて、お金のもつ冷たい意味を十分知っている人々が、炭住問題の中で、ボロであっても一軒の家を自分のものにしようというのに、お金を貯めて買おうという姿勢がちっとも出てこない。

全く不思議なことだ。

毎日の生活は普通の価格で行われているのに、その合間合間に、全くタダと同じような価格が顔を出して、それが共存しているのである。

ぼくはこの福吉の二重価格の根を、やはり生活保護の問題に見る。栄養剤や強精剤を高い金を出して買うことと、どれだけ重い病気になっても無料で診てもらえることが共存していることから起こっているのではなかろうか。

汗水たらして働いて得たお金と、何もしなくても与えられる保護費とが、矛盾もなく共存しているところから起こっているのではないか。

苦しい中から毎月の家賃を払っている人と、福祉を通して何の苦しみもなく、右から左に家賃が払われる家とが共存していることから起こっているのではないか。

しかも静かに考えてみて、ぼく自身の福吉での活動がこの二重価格のタダ同然のほうを存続させるようなあり方をしていたのではないか、と反省せざるを得ない。勉強会の会費にしても、バザーの時の衣類の値段にしても、キャンプの時の補助にしても。

酒や肉や米が普通の値段で買われているのに、勉強会や衣類や海水浴が普通の値段で行われないはずがない。

多くの抵抗があろうが、福吉での二重価格を是正していくことは、新しい福吉を望む者にとっての一つの重要な闘いであることを知らされる。

（一九六九〔昭和四十四〕年六月）

福吉の現状

一九六九（昭和四十四）年七月一日現在で福吉の戸数は八〇戸である。八月二十一日より始まるワークキャンプの資料として、福吉の家族構成を少し調べてみたところ、いくつかの特徴を見いだしたので、ここに報告し、これからの福吉を考える素材にしてほしい。

一、こどものいない家庭の激増(ここでこどもがいないというのは、同居していないという場合も含む)

実に二八戸(三五%)が、こどもがいない。そのうち、まったくこどものない家庭は一一戸だけで、残りの一七戸はこどもたちが全部中学を卒業して、県外就職した家庭である。また、この二八戸のうち、六戸はおばさんだけ、八戸はおじさんだけ(うち独身者一人)、計一四戸(一七・五%)はひとりぼっちで生活しておられるわけだ。

末のこどもを県外へ出してしまう家庭は今後も増えるので、福吉全体としては、こどものいない家庭はますます多くなるだろう。「福吉全体が老人ホームになる」と冗談で言われたが、こどものいない家庭の問題は大きい。

二、欠損家庭の増加

母親とこどもだけの家庭が九戸、父親とこどもだけの家庭が二戸、計一一戸(一三・七%)。これに先ほどの、現在はもうこどもはいないが、一、二年前までは欠損家庭であった一四戸(母だけ六、父だけ八)を加えると、二五戸(三一・五%)となる。

欠損の原因は、病死、事故死もあるが、離婚や長い間の別居、蒸発などによる生き別れの場合も多い。

三、青年の増加

閉山炭住には青年がいない、働く場所がないのだから、というのが通説であったが、福吉だけではなくて、この通説は崩れつつある。

それは、一度県外に出たこどもたちが帰って来るケースが増えたことと、先にも触れたごとく、末っ子が卒業するケースが増えて、お兄ちゃんお姉ちゃんが県外へ出てしまっているので、この子だけは近くにいてほしいと考えられる家庭があることによる。

帰って来るこどもの場合、決して適当な働き場所があるからではない。県外就職という複雑な問題の一つのあらわれであろう。福吉の場合は青年が二五人いる。その中で高校へ通っている者三人、服装学院へ通っている者二人、ほとんどの人が近くの土木事業で働いている。

四、こどもの数が激減

こどもが一人しかいない家庭二三戸（二八・七%）、二人の家庭一六戸（二〇%）、三人の家庭一一戸（一三・七%）、四人、五人の家庭はそれぞれ一戸ずつ。

ここで気をつけなければならないのは、都会のようにいわゆる核家族（親とこども一人の家族）が福吉でも増えつつあるというのではなく、たくさんいたこどもたちがどんどん出て行って、末っ子、末から二番目のこどもがかろうじて残っているという状況だということである。それは次のことでもわかる。

すなわち、中学生は二四人、小学生は三〇人、そして幼児は一九人いるが、今、一学年の平均人数を出すと、中学生の場合は八人、小学生の場合は五人、幼児の場合は二・七人となる。二、三年前までは中学を卒業する人が毎年二〇名近くあったのに、来年の一二人を最後に一〇人を超えることはなくなる。

詳しい個々の問題の検討が必要であるが、次のことはわかる。まず老齢化、こどものいない家庭、おじさんやおばさんのひとりぼっちの家庭をどうするか、とくに病気の人が多いが、何か強力な助け合いの組織が必要ではないか。

ほとんどの家庭が県外へこどもたちを出しているのだが、連絡はうまくいっているのだろうか。こどもたちと親の気持ちは深い理解で結ばれているだろうか。

青年たちよ、福吉へよく帰って来た、ここがきみたちの生きる場所なら、一つ腰を落ち着けて自分の将来を考えてみようではないか。福吉を含めて筑豊の将来のことを語り合ってみようではないか。

（一九六九〔昭和四十四〕年七月）

思い出としての苦労

「先生にはわしらの気持ちはわからん！」　直接に何度となく聞かされた言葉であり、何かぼくが言おうとしたときに、無言の表情が強く訴えている言葉でもある。

一人の人間が自分とは違う他の人間の気持ちを本当に理解できると思うほうが無理なのであって、そういう意味では、福吉でこの言葉を聞いても別に驚かない。しかし、福吉でこの言葉が使われるのは、そういった一般的なことではなくて、かなりはっきりした内容をもっているようだ。

酒の席などで、また現在の生活のだらしなさが問題になる場所では、必ずといっていいほど福吉の人は、炭坑時代の、またそれが閉山になってからの苦しい生活のことを話しだす。暗い坑道を腹這いになって、重い石炭を担いで、這いつくばって登ったこと、小学校へもろくに行かず、朝早くから坑内に下ったこと、閉山後の飲まず食わずの生活がどんなに惨めであったかということ等々。それは、上野英信先生が『追われゆく坑夫たち』(岩波新書)の中で記録しておられる事実にまさるとも劣らぬものばかりであった。そしてそれを話すときのおじさんやおばさんの姿は、本当に活き活きしていて、聞く者をして深く感動させずにはおかない。

ぼくのところを訪ねる人々が望むので、地区の人々との話し合いの場所をもつと、必ず福吉の人々はその苦しかった時代の話をする。そして聞く者は度肝を抜かれてしまうのである。

しかし、考えてみると、その話がいくら活き活きとしていても、それは話として活き活きしているだけであって、現実の生活には連なってこない。たとえば、「おじさん、それだけの苦労に耐えたんやったら、今はまるで天国みたいなもんやなあ」と言うと、「そうだ」と答えられる。「ほんなら、あのときの苦労のことを思えば、もう少し自分の生活をまともにしてゆくことができてもエエやないかね」と切り出すと、もうさっきまでの活き活きとした姿はなくなってしまう。

過去にこれだけ苦労してきたのだから、今はそれを一つの保証書として、だらしのない生活をしていてもいいのだというふうにすら見える。

A牧師はその言葉に賛同の意を表しながら、ある被保護者が、生活保護の不正受給を指摘されて、「日本資本主義にしゃぶり尽くされ遺棄された搾りかすのような我々坑夫には、当然それの取り分があるはずだ」と言ったと引用しておられる。本当にこんなことを言う被保護者が筑豊にあるのかどうかは疑問だが（というのは、①もしこうしたはっきりした権利意識があるとすれば、当然新しい何らかの動きになると思うが、そういったものが筑豊では見られない、②あるいは、この言葉は「被保護者はこう言うべきだ」というふうに外の者が押しつけたとも見られないことはない、筑豊の人々が全然思いもしていないことを外の人々が先走って、それを押しつけている事実もたくさんあるのだから、の二点から）、こういう考えがもし存在するとしても、それは筑豊の問題を解くには何の価値もないように思える。いやむしろ害にすらなる。

人間として極限と思われるような苦労をしてきたにもかかわらず、その体験が決して体験を受けた人々を成長させてはいない、という点の解明をしなければならないと思う。苦しみや差別を受けたというそのことが保険証書になるのではなく、その苦労をいかに受けたか、その苦労にどんな意味があったかが問われなければならないのだ。

筑豊の人々は牛馬のごとく働かされてきたとよく言われるが、苦痛や苦労もまさに牛馬のごとくにしか受けてこられなかったのではないかと思う。だから苦労の思い出はあるが、それが現在の自分と深いところでつながらない。

受けた苦労の意味を本当に知り、思い出としてでなく自分の成長に取り入れるためには、牛馬のごとくあった者が「人間」にならなければならない。このことが今の筑豊に最も必要なことだと思う。

（一九六九〔昭和四十四〕年八月）

就職の心構え

湯山荘の山本君が誘ってくれて、今年中学を出て就職する中学三年生の人々に、就職についての心構えについて語った。中学卒業生の就職に関しては、企業の側に言いたいことが山ほどある。学校の先生にもたくさん言いたい。そして家庭にも。それらに比べると、卒業するご本人たちに言いたいことはごく少ない。ぼくは次の六つのことを語った。福吉の中三の人も読んで考えてほしい。また県外にいる人々は意見を聞かせてほしい。

(1) 一人前でないということを知れ。つまり、いつまでも学ぶ者であれ。

中学を卒業して社会に出ると、何か自分ひとりで生きていけるように思い、会社も一人前の労働力として高い初任給を払うので、自分は大人になったと思い込んでしまう人があるが、同年の人はまだ高校で勉強していることを知ってほしい。これは何も進学する人に対して劣等感をもてということではなくて、社会に出ていても学ぶ者であれということだ。一人前だと思ってしまうと、そこで成長が止まってしまう。一人前でないということは、失敗が許されるということでもある。失敗を重ねながら成長してほしい。

(2) 友人、先生、親、先輩のだれでもいい、本当にすべてを打ち明けて相談できる人をもて。そして何か問題にぶつかったら、ひとりでクヨクヨせず、その人に相談しろ。

きみたちが働いてぶつかる問題は、必ずしも自分の力だけで解決できるものばかりではない。社会の矛盾や、人間の深い問題は支えなしに解決できないものだ。

(ぼくの話のあとで湯山荘の先生の一人は、この信頼できる人を得るという段階ですでに卒業生は行き詰まっているようだと話された。相談できる人がいないと中学生が嘆くのを聞くのはつらい。)

(3)「こんなことをしていていいのだろうか」という気持ちになったら、自分が成長しつつあることを知れ。

就職して二、三か月の時が過ぎると、仕事にも慣れてくる。また、卒業する前に考えていた社会生活と現実はだいぶ違うことがわかってくる。「こんなはずではなかった」と考え、「こんな毎日を送っていていいのだろうか」と考えるようになる。この問いはおそらく一生つきまとうだろう。県外にいるこどもたちから来る手紙の多くはこの問いである。ぼく自身がたびたびこの問いを発する。

だいたいぼくらの生活に何の意味があるのか、と問うことなのだから、今までそんなことすら考えないで生活していたことから比べれば、大変な成長である。

しかしこの問いはとても危険でもある。焦《あせ》ってどうにでもなれという気持ちとも隣り合わせだ。ぼくの経験から言えば、何もかも嫌になってしまい、ここを飛び出して新しい職にでも就けば解決するだろうと思うのだが、職を変わっても、また二、三か月すると、同じ問題にぶつかる。この問いが起こってきたら、「いったい何が嫌なのか」、その嫌なものの正体を突きとめてみることだ。何もかも嫌だという気持ちになっているときでも、考えてみると、その嫌なものの正体は二つか三つだ。それを突きとめて解決するよう努力することだ。

(解決しようと思ってもできないものも多い。たとえば、社会体制が変わらなければ、どうにもならないものもある。そんな場合は原因そのものは解決しないが、その原因をなくするためにはどうすればよいかという、違った問いや生き方が出てきて、毎日が以前とは違ってくる。)

(4) こんなことをいうのは悲しいことだけれど、社会も会社も、きみたちの全体を、つまりきみたちを人間として大切にしているのではないことを知れ。

会社は利益を上げるために、きみたちの労働力だけが欲しいのだ。だから労働力としての価値がなくなれば、きみたちはおっぽり出される。このことはしっかり頭に入れておいてほしい。そして、本当に人間としてきみたちを大切にしてくれる場所を求めてほしい。

(5) 仕事は変わってもいいが、自分の成長になるように変われ。つまり、はっきりと納得のいく目標をもって変われ。

変わる場合は必ず信頼する人に相談すること。ひとりで考えた理由は危ない。

(6) きみたちがもらう給料はだいたい決まっていて、多くても一〇〇〇円くらいの差しかない。その一定しているお金よりベラボウに高いお金がもらえるというのは、それだけ危険な仕事だということを知れ。

お金が高いということだけで職を探したり、変わったりする人があるが、何か得るものがないのに高給を出すなんてバカな人はない、そのお金の代償は何かと、いつでも考えてほしい。

（一九六九〔昭和四十四〕年九月）

抵抗

「先生、そら俺保証するわ。月一〇万円出す言うても動く者はまずいるまいやろうな」。

何かの会合の後で、話が仕事のことになって、県外へ出ればいくらでも仕事があること、しかも高給で求人していることが話題になったときに、ぼくが「いったいなんぼくらい給料がもらえたら、福吉の人は腰を上げるやろか、五万円くらいやろか」と問うたのに対するクンちゃんの答えである。何人かのおじさんやおばさんもニヤニヤ笑いながら同意の表情を表された。

「どうして普通に働こうとされないのだろう。」今もってぼくはその理由がよくわからない。その原因の一つ二つはわかるような気がするのだが、そういう原因をあげてみたところで、現実が変わるわけでもない。

たとえば、「世界」（岩波書店）の九月号に九州大学の正田誠一教授が「筑豊——その表層と深層」という興味深いレポートを書いておられるのだが、その中にこの問題に触れて次のごとく記しておられる。少し難しい文章だが、福吉のおじさんやおばさんはこれをどう読まれるだろうか。意見を聞かせてほしいと思う。

「古典的な社会政策の理論によれば、労働関係、支配関係に対する労働者の対抗は、組織的な形では賃金要求、労働条件の要求や社会律法の形をとる。組織的なそれが拒否されると、さまざまなサボタージュ（労働移動・労働の拒否）の形をとる。長年、中小炭坑や租坑で石炭の蓄積軌道に押しひしがれ、はみ出され、寝ていたほうがましなほどの低賃金と非人間的な抑圧にさいなまれた筑豊の炭坑失業者に残された唯一の抵抗、人間らしい行動は、流動を拒否し、労働を拒否することだけなのだ。このような深遠を知らないで『人道的』な考えで、失対労働者を正規の労働者に変える政策や、労働力配置の適正化を策してみても始まらないことであろう。」

県外に出れば働けるのに福吉を出ようとしない人々、少しくらいは生活がきつくなるかもしれないけれど、生活保護を受けなくてもやっていけそうなのに、決して生活保護を返上しようとしない人々、失業対策事業は社会保障であって労働ではないのだとうそぶく人々、そんな人々はこの文章を読んで、手をたたいて喜ばれるかもしれない。

「そうなんだ、そのとおりなんだ、わしらは無学なので、よう説明せんが、さすが大学の先生や。わしらが働かないのは、わしらが労働移動を拒否するのは、それはわしらに与えられた唯一の抵抗なんや。」

「そやから、いつも言うやろ、先生みたいな、人道的なことを言っていてもあかんのや。わしらに働けとか、保護をやめよとか、不正受給はいかんとか、そんなことではダメなんや。大学の先生もそう言うたはるやないか。」

そんな声が耳もとで聞こえてくるような気がする。

ぼくはよくわからない。現在福吉で表れているような生活が（それは正田教授の文章のとおりなのだが）抵抗だとは、どうしても思えない。確かに過去の厳しい労働や、非人間的な抑圧、深い不信感が現在の福吉を形成していることは否定できない。それはそうだと思うのだが、それが抵抗だとは思えないのだ。

抵抗だという場合には、現状の肯定がある。つまり働かないこと、生活保護を受けることが抵抗だと言われた場合、働かないこと、生活保護を受けることがそのまま肯定される。それが単に、楽な生活がしたい、働きたくないという人間の本能的な怠慢から出ているものであっても、抵抗だという名で正当化される。

ぼくは福吉の問題の中で生活してみて、もはやスッキリした理論ではとらえ得ないほど現実は複雑であると思う。しかしぼくはその複雑な問題を、人間が新しく生まれ変わるという一点でとらえてみようと思う。

（一九六九〔昭和四十四〕年九月）

企業と教育

九月二十八日の「朝日新聞日曜版」は「短大つき繊維工場――求人策もここまで――」という題で、岐阜県大垣地方の二十四繊維工場が力を合わせて今年の四月に短大設立に踏みきったことを報じている。

「人手不足を乗り越えるためには、ごきげんとりではだめだ。求人内容の充実によって勝負するのです」との〇紡績の会長の言葉があり、九月までの経験の上に立って、「当初の計画どおりに運んでいます。彼女らは働く目的をもっている。われわれは働く力をしっかり確保できる。それでいいのです」と断言している。

クラブ活動、ピアノのレッスン、通学バスの中での読書などの何枚かの写真とともに、評論家の西清子氏による「変わる女性の職場」と題する寸評が載っている。どの領域の評論家か知らないが、なんとも腹の立つことが書いてある。

「労働力確保のための苦肉の策とはいえ、経営者もなかなか心憎い味なことを考え出すものである。最初のいきさつはどういうことか知らないが、保母養成の短大とは慧眼である。それにこのごろはちょっとした女子短大ブーム。女の子といえども短大ぐらいは――という親の考えがそろそろ一般化してきており、私の知るかぎりでも結婚の際、大学出の男が増えたせいか、女の条件にせめて短大以上という注文がつき始めている。」

「教育の建て前としては確かにおかしいことではあるが、それが喜ばれているというのなら、理屈は別として労使ともに結構なことと言わざるを得ない。」

「多少とも将来に希望がつなげ、いわゆる生きがいのある日常生活が送れるなら、仕事は仕事で割り切って、また身が入ることだろう。」

いったいこの人は何を考えているのだろう、と全くあきれてしまう。記事によれば、働きながら学ぶ人々も活き活きとしているとあるのだが、これは同じく繊維企業で働きながら学んでいる筑豊出身の何人かの友がぼくに伝えてくれる姿とはだいぶ違う。

だいたい企業が作った学校で本当に全人格的な教育が行えるのか、結局企業の言いなりの教育しかできないのではないか。そのことの壁にぶつかって悩んだSさんの手紙が「月刊福吉」一一九号にある（本書二〇二—二〇四ページ）。Sさんは訴える。「学園にしても結局会社の打算にすぎません。先生、学園創立の根拠がわかりかけた今、それを何よりの拠りどころにしてきた自分が惨めです。先生、社会とはこれほど醜いものでなければいけないのでしょうか。学園生の中には心からの感謝をもって学んでいる者がいるのです。私だってそうでした。その裏切りが彼女たちをどんなに悲しませるか一度として考えたことがあるでしょうか。」そしてそこで行われている学問の内容はどんなものなのだろうか。この記事ではそのことにまったく触れられていない。本当に全人格的な教育が行われるにふさわしい内容をもっているのか。そうではあるまい。Sさんは続けて言う。「そして、それをとっくに知っているはずの教師でさえ完全にマヒしているのです（もちろん、生徒の中でも少ないと思います）。多くの人は『どうしようもない』とか『適応性が必要だ』とか、卑怯な言葉でごまかしています。自分自身をもごまかして生きているのです。」

奈良県の紡績会社に働きながら短大に通っている中島さんの手紙は、先月号の「月刊福吉」で紹介した。中島さんもまた言う。「試験というのはこちらに来て初めてなので頑張ろうと思っていたのですが、試験問題を見てガッガリしました。いくら三部の学校といっても、あまりに問題がやさしかったのです。学校の先生たちから見れば、私たちは中学か高校一、二年くらいの程度にしか思っておられないような感じで、勉強する気もなくなった現状です。」

どうも新聞の記事は、ウソでなくても、ごく表面的な報道であるらしい。現実はどうにもならないほどの腐敗があるのではないか。そしてそれは当然だ。本来利益のみを追求するはずの企業が、全人格的な教育などするはずがないのだから。

（一九六九〔昭和四十四〕年十月）

『これが油症だ』を読んで

「カネミライスオイル被害者を守る会」から発行された『これが油症だ』という小さな本を読んだ。油症患者の二十五歳の娘さんは訴えておられる。

私は生きているのだろうか。
屍のようになった私……。

その私から、
恋人が去り、友達が去り、青春が去る。
生活は破壊され、肉体は腐りゆく。
私達は一体どうすればいいの。

カネミ本社の門前で座り込みをする
紙野さんご夫妻

マスコミもずいぶん騒いだカネミライスオイル事件ではあるが、その事件の全貌が、そして被害者や被害者を守る会の闘いの経過が知らされてみると、まったく言いようのない憤りが胸に込み上げてくる。

カネミ倉庫株式会社の無責任な態度、何度患者の人々が会おうと思っても、会ってくれない。座り込みその他ギリギリの抵抗をして、やっと開かれた会では、「中小企業の悲しさで営業が再開されなければ補償はできない」の一点張り。市や県の無責任さ、国の無責任さ、病気と闘いながら必死で訴え続けておられる被害者や、守る会の熱心さに比べて、まったくなんという態度だ。そして、それらすべての底に人間無視、利益中心の日本社会の共通の問題が頑として横たわっている。経過をずっと読んで、この利益中心の社会の壁がどれほど強いものであるかがひしひしと感じられる。人間の生命など、どうでもいいのである。水俣病やカネミライスオイル事件は、これから起こるであろう（食品）公害のさきがけである。例の森永ドライミルク事件もそうだ。もうけのために人々の命がどうなってもいいといった考え方は、何もカネミの問題だけではない。度重なる炭坑の事故、それにもかかわらず、そんなに改善されたとは思われない状況で、炭坑は再開され続けてきた。被害者の補償が十分であったことなど一度もない。

いったい、人間一人一人の生命を犠牲にしてまでもうけなければならない欲求を人間に植えつけたのは何者なのだ。

今福吉の聖書研究会では、エペソ人への手紙を学んでいるのだが、その手紙の中でパウロは、エペソ教会の人々に向かって、「さてあなたがたは、先には自分の罪過と罪とによって死んでいた者であって、かつてはそれらの中で、この世のならわしに従い、空中の権をもつ君、すなわち、不従順の子らの中に今も働いている霊に従って、歩いていたのである」（二・一—二、口語訳）と語っているのであるが、これは今日のぼくたちの姿ではないか。

神さまを知らない日本は（そのことこそ、聖書は罪というのだが）、そのことの当然の結果として、「空中の権をもつ君」に支配されてしまっている。常識で考えれば、人の命を犠牲にしてまで利益を追求することなど考えられないことなのだが、「空中の権をもつ君」は人間に

福吉伝道所での聖書研究会

この常識で考えられないことを平気でさせる。

ところが、『これが油症だ』の最初に掲げられている何人かの被害者の訴えを読んで、ぼくは一つの感動を覚えた。それはこの油症になるまでは、ほとんどの人々が他の人々と何の変わりもない、あえていえば、マイホーム主義者であった。そして突然のこの苦しみを強制されたとき、まずこのマイホームの崩壊を悲しまれたのだ。けれども次には、このマイホーム主義にこそ食品公害や、利益中心社会を許すそもそもの根があることに気づき、マイホーム主義の崩れたところから、新しい生き方（本当にこの利益中心社会と闘っていくという）を始めておられることだ。

それは、患者になってみなければわからない苦しみと悲しみ、憤りといらだたしさを通して、初めてなされた人間変革であって、ぼくなどが云々《うんぬん》できることではないのだろうけれども、この人間変革がなされつつあるということは、なんと素晴らしいことであろう。

なぜなら、マイホーム主義から本当に解放された人間でないと、結局、利益中心社会の変革はできないのだから。

（一九六九〔昭和四十四〕年十一月）

県外就職をしたこどもたちと福吉

旧約聖書の一番初めにある「創世記」という書物の中に「ヨセフ物語」というおもしろい話がある。

ヨセフは一二人の兄弟の末っ子であったが、父イスラエルに特愛されたのが災いとなり、兄たちに妬《ねた》まれて、ひどい仕打ちを受けた後、エジプトに売られてしまう。ところがエジプトで不思議な出来事が相次いで起こり、ヨセフはエジプトのつかさ（特に食糧問題の）にまでなる。

一方、残る一一人の兄弟たちのいた地方は大飢饉に襲われ、エジプトの穀物を求めざるを得なくなる。そしてヨセフは自分を迫害した兄たちに会って、これをゆるすという感動的な場面になる。物語としても大変おもしろいものなのだが、実はこの話は、ただヨセフの波瀾万丈の生活と、自分を迫害した兄たちをゆるしたという人情物語ではなくて、神さまは人間の目には不思議としか思えない方法で人をあわれみ、そのご計画を完成されるという信仰が背景にある。つまり、一一人の兄たちが憎しみのあまり追い出したヨセフによって、イスラエルの部族は逆に救われ、生き延びることができたということなのだ。追放されたヨセフの危なっかしい、もう消えそうな生活が、実は全イスラエルを支えていたとも言えるのである。

ぼくがこのことを痛感したのには訳《わけ》がある。

三、四年前、県外就職生として涙ながらに送り出した福吉のこどもたちが、立派に成長して、今度は泥沼のような福吉の生活からその一家を脱け出させようとしている姿を見たからなのだ。

確かに県外就職をしなければならないような筑豊の現状は大きな社会問題である。中学校を出たばかりのこどもたちが親から離れて、都会でひとり生活をすることの危険性についても語ってきた。事実、親と子が離れ離れで生活しなければならないがゆえの悲劇も、あげれば数限りがない。

そういうマイナス面を割り引きしようとは思わない。ちょうどヨセフによってイスラエルが救われたということから考えて、一一人の兄弟がヨセフをいじめたことも良いことであるとは決して言えないように。けれども、涙ながらに別れ、それぞれが苦しい生活をしてきた、そのことの意味が、県外に出たこどもによってその一家がこの現実から脱出するためであったとしたら、こんな素晴らしいことはないのではないか。ぼくはこのことは考えるに値することだと思う。

「先生、福吉の中はメチャメチャやな。都会ではこんなこと考えられへんで。そんなもん通るかいな。」

福吉の自宅の前で家族とともに（1993年）

こともなげに言ってのけた県外就職をしたこどもの言葉に、ぼくはハッとさせられた。

ぼくたちは、県外就職をしたこどもたちをかわいそうだと思い、手紙を出してやらなければならないと思い込み、つまり何かこちらがしてやれると思っていたのだが、実は逆で、県外で学んだ人間として当たりまえの生活を彼らから学び直さなければならないのではないか。それほど福吉の生活はゆがんでしまっているのではないか、と思うのだ。

もうすぐ正月だ。今年もまた、県外の友の何人かが帰って来るだろう。久しぶりに我が子に会えるというので、迎える準備におおわらわの家もある。

しかし、ぼくは望む。県外の友を福吉の煙で包んでしまうのでなく、県外の息吹で福吉の煙を追い出してもらおうではないか。その意味では久しぶりの一家団欒は、和やかであるより、ケンケンガクガクたる論争であることを望みたい。また県外の友も、福吉の問題をしっかりと、その澄んだ目で見つめていただきたい。

都会の生活が良くって福吉の生活が駄目だと言っているのではない。少なくとも自分の身体で一生懸命泥まみれになって働いてきた、そしてそのお金で生きてきた県外の友の目は、何かを語ってくれるに違いないのだ。


（一九六九〔昭和四十四〕年十二月）

1995 年 8 月 13 日「 炭住先生と子供会 30 周年記念会」

2011 年 3 月 27 日福吉伝道所最後の礼拝

あとがき

『筑豊に生きて』お読みいただいたことを心から感謝します。ぼくの初めての本で、嬉しくて「月刊福吉」をお送りしていた方々に差し上げました。

小柳伸顕さんからすぐ連絡があって、「筑豊の人々がどうして大阪弁で話しているの」と言われるのです。読み返してみたら、確かにぼくと話す福吉の人は大阪弁で話しているのです。

初めて筑豊に触れた時や、学校を休学して福吉に一年住んだときは、筑豊弁がよくわかりませんでした。でも、しばらくして筑豊弁がわかるようになりました。

でも、よく考えてみると、大阪弁という枠組みをもっているぼくは、その枠組みの中に入ってきたことだけしか理解できていないのではないか、と思ったのです。その枠組みというのは、大阪の生まれ、同志社大学神学部大学院の卒業、男、その他諸々です。

それで、とにかく福吉の人々の生の声を聞こうと決心しました。できるだけ多くの人たちの声を聞こうと努めました。特に、福吉の人が亡くなったときは、その人のことをできるだけ調べて、「月刊福吉」に載せさせていただこうと決心したのです。

そしてできたのが、二冊目の本『弔旗――筑豊の一隅から』（日本基督教団出版局）です。

上野英信先生

三冊目の『「筑豊」に出合い、イエスと出会う』（いのちのことば社）では、筑豊が奉仕の対象や宣教の対象ではなくて宣教の主体であることを知らされたのです。
上野英信先生の遺言は、

筑豊よ
日本を根底から
変革するエネルギーの
ルツボであれ
火床であれ

でした。
そんな力が筑豊のどこに隠されているのでしょう。

昨年、福岡県立大学の細井勇先生が中心

になって六花出版より『編集復刻版「筑豊の子供を守る会」関係資料集成』全八巻が出版されました。各大学の「筑豊の子供を守る会」の活動が資料として記録されていますが、その五巻に「福吉炭住での活動」と題して、福吉での「筑豊の子どもを守る会」の活動から始まって、船戸先生の一年休学しての歩み、松崎先生とぼくの一年間の歩み、が資料として載せられています。また福吉伝道所の記録も掲載されています。

図書館にはあると思いますので調べてくださったら嬉しく思います。

最後になりましたが、旧版の序文を書いてくださった故・竹中正夫先生、改訂新版の推薦文を執筆してくださった小柳伸顕さんに御礼申し上げます。そして、この本のために大変なお世話をいただいた「いのちのことば社」の長沢俊夫さんに心から感謝します。本当にありがとうございました。

二〇二四年十一月十一日

犬養光博

改訂新版　筑豊に生きて

2024年12月25日 発行

著　者　犬養光博
印刷製本　日本ハイコム株式会社
発　行　いのちのことば社
〒164-0001 東京都中野区中野2-1-5
電話 03-5341-6922（編集）
03-5341-6920（営業）
FAX03-5341-6921
e-mail:support@wlpm.or.jp
http://www.wlpm.or.jp/

ISBN 978-4-264-04536-6

犬養光博 著

「筑豊」に出合い、イエスと出会う

日本の近代化を支えながら、エネルギー政策の転換によって閉山に追い込まれ、大量の失業者を生んだ福岡「筑豊」。その炭鉱の町で半世紀近く伝道に取り組んできたなかで、みことばと人々を通して神に教えられてきたことを綴る。教会とは何か。イエスに従うとはどういうことか。神と人に仕えるとは？

●定価一六〇〇円＋税

＊重刷の際、価格を改めることがあります。